Herstellung und Verlag:
BoD – Books on Demand, Norderstedt

ISBN
Paperback: 978-3-7519-9833-8

Bibliografische Information der Deutschen Nationalbibliothek: Die Deutsche Nationalbibliothek
verzeichnet diese Publikation in der Deutschen
Nationalbibliografie; detaillierte bibliografische
Daten sind im Internet über dnb.dnb.de abrufbar.

Für meine Töchter,

ohne die mein Leben nur für einen Bruchteil so emotional wäre.

Für meine Frau,

ohne die mein Leben nur für einen Bruchteil so schön wäre.

Für Anneliese,

die leider nur noch ein Kapitel zu lesen bekam.

Mathias Graefke-Krull

28 Grad

Prolog

Die Sonne brannte mit gewaltiger Kraft auf die Erde. In den Nachrichten sprach man von einem Jahrhundertsommer. Bei den Menschen herrschte der Drang, an die Luft zu gehen und sich irgendwo ans Wasser zu legen. Nicht so bei Malte Pedersen. Der verbrachte seine Sommerferien lieber allein vor dem Fernseher oder spielte mit seinen Actionfiguren. Der große Lolli, mit dem die Sonne alle aus ihren Häusern lockte, ließ ihn vollkommen kalt.

Eines Mittags, als es besonders heiß war, zwang Maltes Mutter ihn, mit ihr ins Freibad zu gehen. Malte mochte Freibäder nicht. Da er keine Freunde hatte, hätte er mit seinen Mitschülern gehen müssen. Wäre er mit ihnen gegangen, hätten ständige Machtkämpfe und Hänseleien an der Tagesordnung gestanden. Einer in der Gruppe bekam immer auf den Deckel, und da Malte weder groß noch kräftig war, fiel dieser Part in der Regel auf ihn. Dass er nun mit seiner Mutter dorthin musste, vereinfachte die Angelegenheit keineswegs.

Im Freibad angekommen, bestand Malte sofort darauf, im Schatten zu liegen, und bekräftigte seinen Willen mit dem Argument, wie schnell er doch Sonnenbrand bekam. Seine Mutter gab nach und sie lagen den Rest des Tages am Maschendrahtzaun direkt neben der Straße, ungefähr fünfzig Meter vom Becken und allen anderen Besuchern entfernt.

So war es am ersten Tag.

Am darauffolgenden Morgen und an jedem weiteren der Sommerferien flehte Malte seine Mutter schon beim Frühstück an, mit ihm ins Freibad zu gehen. Das war in ihrem Interesse und so hinterfragte Sie den Sinneswandel ihres Sohnes nicht. Die kommenden Wochen gestalteten sich also wie folgt.

Malte lag zusammen mit seiner Mutter auf einem großen rosafarbenen Strandtuch direkt am Beckenrand. Während sie in eine ihre romantischen Schmonzetten mit spannenden Titeln wie "Das Feuer der Leidenschaft" las, lag er neben ihr auf dem Bauch. Mit einer Sonnenbrille auf der Nase, das Kinn auf die ellbogengestützten Hände abgelegt. Malte war beschäftigt. Die Lage seines Körpers war keineswegs unbedacht gewählt. In dieser Position konnte nämlich niemandem auffallen was sich in seiner Leistengegend abspielte. Während in 90 Prozent seines Körpers die Ruhe Einzug hielt, fand in den restlichen 10 Prozent gerade Kirmes statt.

Malte war schwer damit beschäftigt Beobachtungen anzustellen. Er beobachtete die roten mit den weißen Pünktchen, die blau weiß gestreiften, die kanariengelben und die schlicht weißen und schlicht schwarzen. Alle für sich in unterschiedlichen Größen, manchmal mit mehr, machmal weniger Stoff. Sein Interesse galt weniger den Bikinis selbst, als den Hügeln und Wölbungen die sich darunter auftaten und das Schönste vermuten lie-ßen.

Er konnte vor seinen Besuchen im Freibad nie etwas mit Mädchen anfangen, hatte weder je eine Freundin, noch physischen Kontakt oder nennenswerte Interaktionen mit dem weiblichen Geschlecht. Aber mit dem ersten Tag im Freibad schärfte sich sein Interesse an Brüsten, Gesäßen und Venushügeln. Er verbrachte Stunden, ganze Tage damit, die unterschiedlichen Formen zu analysieren und sich vorzustellen wie diese wohl unbekleidet aussehen mögen.

In diesen jungen Jahren wusste Malte Pedersen bereits genau was ihm gefiel und was ihn erregte. Und noch etwas wusste er ganz genau.

An einem Tag als Malte mal wieder am Beckenrand in seine Studien vertieft war, passierte ein Unglück. Schreie von jungen Mädchen drangen in sein Ohr und er sah, wie alle Besucher in eine Ecke des Freibads liefen, die er von seiner Position aus nicht sehen konnte. Die Aufregung in seiner Badehose erlag der Aufregung der Menge und er war in der Lage der Masse zu folgen.

Neben einem anderen Becken, auf nassen Fliesen, lag ein Mädchen. Um sie herum standen aufgelöst dessen Freundinnen. Einige weinten, eine saß hilflos neben ihr am Boden. Das Unfallopfer war ungefähr in Maltes Alter, hatte blasse Haut, kupferrotes Haar und lag auf dem Rücken. Haut,

Haare und Bikini waren durchnässt und sie war nicht bei Bewusstsein. Ihr Körper war schlank, ihre Brüste groß wie Pampelmusen. Trotz ihrer Rückenlage schienen sie ihre Form nicht zu verändern. Sie trug einen blassrosa Bikini mit einer goldenen Schnalle am Höschen. An ihrem Oberteil konnte man deutlich ihre kleinen, spitzen Brustwarzen erkennen. Außerdem erkannte Malte im Lendenbereich durch den dünnen Stoff die jugendlich sanften Anfänge von Schambehaarung. Er war so in seine Fantasien vertieft, dass er nicht bemerkte, dass sich in seiner Hose etwas auftat, das den Anwesenden sicher zu großer Empörung verholfen hätte. Als er gerade versuchte sich zu beruhigen und sich von der bewusstlosen Schönheit abwendete, ging ein Raunen durch die Menge. Malte sah wieder in Richtung Mädchen und im Gegenlicht der Sonne eine Erscheinung. Die Augen zusammengekniffen, ob der starken Strahlung, erblickte er eine menschliche Gestalt. Groß, braungebrannt, durchtrainiert, in knapper roter Badehose und mit einer verspiegelten Sonnenbrille. Der Gott des Freibads stieg vom Himmel herab. Zumindest machte es den Eindruck.

Es tat sich sofort eine Erleichterung in der besorgten Menge auf. Maltes Aufregung hingegen, war jetzt erst entfacht. Er hatte diesen Adonis vorher noch nie im Freibad gesehen, dabei war er seit Wochen jeden Tag dort. Warum wussten offenbar alle anderen von seiner Existenz? Wieso waren ihre Sorgen plötzlich wie weggeblasen? Der Entsandte des Himmels war die Souveränität in Person, ging gelassenen Schrittes auf das Mädchen zu und kniete sich neben sie. Dann sah er sie an. Er musterte sie nicht, sein Blick hatte nichts lüsternes, war viel mehr prüfend. Dann nahm er seine Hände zusammen, legte sie auf ihre Brüste und begann zu drücken. Malte war vollkommen entsetzt, aufgrund dieser obszönen Handlung und gleichzeitig erstaunt, weil sich für ihn nicht erschloss was und warum er es tat. Die Gedanken in seinem Kopf rasten und während er versuchte zu verstehen, ließ der Lüstling mit seinen Händen von ihren Brüsten ab und bewegte seinen Kopf langsam in Richtung des ihrigen. Er begann doch tatsächlich sie auf den Mund zu küssen. Nicht etwa zärtlich und gefühlvoll, sondern mit weit geöffnetem Schlund.

Da liegt ein junges bewusstloses Mädchen am Boden, Menschenmassen stehen um sie herum und dem Typen fällt nichts anderes ein, als ihre Brüste zu begrabschen und ihr seine Zunge in den Hals zu stecken. Und was das schlimmste war, niemand der Versammelten schien auch nur ansatzweise etwas dagegen zu haben. Keine Verwunderung, niemand der ihn davon abhielt seine Triebe an diesem hilflosen jungen Wesen auszulassen. Es machte auf Malte eher den Eindruck, als würden sie ihn unterstützen und ihn antreiben wollen. Als sein Entsetzen das Höchstmaß erreicht hatte und er kurz davor war komplett vom Glauben abzufallen, begann das Mädchen auf einmal zu Husten, hob kurz den Oberkörper und gewann ihr Bewusstsein wieder. Der Typ lies von ihr ab, stand auf und erntete Applaus von den Zuschauern. Sie trugen ihn, wenn auch nur gefühlt, auf Händen durchs Schwimmbad und priesen ihn an, wie eine Gottheit. Verwirrt rannte Malte zu seiner Mutter und schilderte ihr die Situation, bedarf nach Aufklärung. Sie erklärte ihm was er gerade gesehen hatte. Während sich ihre Stimme langsam in den Hintergrund seines Bewusstseins zu legen begann und immer dumpfer klang, versank Malte in seinen Gedanken. In seinem Kopf nahm eine Vision innerhalb von wenigen Augenblicken feste Formen an.

Die Zukunft seines Lebens, das eine Ziel was ihn antreiben sollte, wurde ihm in diesem Moment klar.

Er wollte Bademeister werden.

Kapitel 1

Jahre später

Es war kalt. Nicht erst seit gestern, schon seit Wochen. Vor lauter Aufregung musste Malte es vergessen haben. Weder hatte er Handschuhe an, noch eine Mütze auf. Den fehlenden Schal konnte er durch Einziehen des Kopfes wieder wettmachen. Finger, Ohren und Nase jedoch litten unermessliche Qualen. An den Händen war es einigermaßen erträglich, denn durch das Frieren, verlor er das Gefühl in ihnen, und somit war auch kein Schmerz zu spüren. Ohren und Nase brannten vor Kälte. Es fühlte sich an, als wären die Ohren bereits abgefallen und der Schmerz nur an der Stelle des Abrisses vorhanden. Malte traute sich nicht, mit seinen Händen zu prüfen, ob er mit damit richtig lag. Auch wollte er nicht das Risiko eingehen, das Gefühl könnte in seine Finger zurückkehren.

Ein Dilemma tat sich vor ihm auf. Fuhr er schneller, verringerte sich der Zeitraum, den er dem Frost ausgesetzt war. Der Fahrtwind jedoch würde intensiver und die Kälte in seinen Knochen noch unerträglicher werden. Fuhr er langsam, waren die Schmerzen zwar weniger intensiv, der Zeitraum des Ertragens jedoch umso länger. Malte entschied sich für Option zwei und so kam ihm die Fahrt endlos vor.

Es war früh am Morgen, doch für ihn fühlte es sich wie mitten in der Nacht an. Die Müdigkeit brachte ihn dazu, dass er das ein oder andere Mal wegnickte. So kam er vom Weg ab und wurde erst durch das Holpern des gefrorenen Bodens wach gerüttelt. Der Kegel seines Fahrradlichts schlug eine Schneise ins Schwarz. Er sah den Asphalt des schnurgeraden Radwegs, sowie links und rechts einige Zentimeter Rasen. Der Rest blieb ihm verborgen. Malte konnte nicht sagen, ob er durch Wald oder Wiesen fuhr.

Zwar wies ihm der Schein seiner Lichtanlage verlässlich den Weg, allerdings war diese das einzige Gewerk mit Funktion an seinem Fahrrad. Die Kette hatte soviel Rost erlitten, dass der eine Gang, der ihm zu Verfügung stand, nur bergab hätte Sinn ergeben. Der Lenker war groß, halbrund und breit. Er war genau auf Höhe der Knie montiert und gegen eben diese stieß er bereits in der kleinsten Kurve. Die Bremsen griffen zwar nach fester Betätigung, jedoch war dies nur akustisch zu vernehmen. Bei all der Qual, konnte er dennoch nicht behaupten, schlecht gelaunt zu sein. Ganz im Gegenteil. Malte war auf dem Weg zu seinem ersten Praktikumstag.

Seine Mutter scheiterte bis zuletzt mit Ihren Versuchen, ihn davon zu überzeugen, seine Zukunftspläne zu überdenken. Fast war es ihr gelungen. Gut ein Jahr war er auf der Suche nach dem geeigneten Arbeitsplatz für seinen Karrierestart. Er lebte auf dem Land, die Auswahl an Schwimmbädern in der Umgebung war überschaubar. Schnell hatte er alle kontaktiert und das eine gefunden, das einen Praktikumsplatz anbot.

Malte kam am Schwimmbad an und schwang sich bei zu hoher Geschwindigkeit von seinem Drahtesel. Die von der Kälte erstarrten Finger erschwerten es ihm, sein Schloss zu benutzen. Er brauchte mehrere Anläufe bis der Schlüssel versank. Die Kette hatte sich um die Sattelstange verworren und Malte fehlte es an Geduld sie konzentriert zu entwirren. Nach nur wenigen Sekunden gab er es auf. Dieses Fahrrad brauchte keine Sicherung. Wäre irgendjemand so dämlich es zu stehlen, würde er es nach wenigen Metern wieder fallen lassen. Und falls nicht, wäre Malte dankbar, dass er gezwungen war, sich einen neuen fahrbaren Untersatz zu besorgen.

Er wandte seinem Rad den Rücken zu und dem Tempel seiner Zukunft das Antlitz entgegen. Im Dunkel tat er sich vor ihm auf, episch leuchtete seine Gestalt. Durch die Kälte zog Bodennebel über den Vorplatz. Der Himmel war tiefschwarz, durch Bewölkung frei von Mondlicht. Der Koloss aus Glas wiederum strahlte vor Helligkeit. Es war ein großes spitzwinkliges Dreieck, das sich vor ihm emporhob. Das Dach, die lange Seite, zog sich vom Boden an die Spitze. Die kurze Seite des Dreiecks stellte die eine Seitenwand dar. Es sah aus als hätte man eine überdimensionierte Bodenluke angehoben, fixiert und an offenen Seiten mit großen Scheiben verschanzt. Nur das Dach war undurchsichtig, die Seiten aus Glas. Massive Träger aus Beton führten über die Dachplatte und von der höchsten Stelle hinab zum Boden. Zwischen Träger und Dach lag etwas Luft, sodass der Deckel wirkte, als würde er schweben. Angeschlossen an das große Gebäude, lag ein kleines Haus, ebenfalls aus Glas. Die Straßenlaternen vom Vorplatz verliefen spitz auf dieses kleine Gebäude zu und säumten den Weg. Dort musste sich der Eingang befinden. Malte bewegte sich stolzen Schrittes in Richtung Glastür. Seine Zukunft würde hier seinen Anfang nehmen, die Geschichte nun geschrieben. Ihm war in dem Moment vollkommen klar, dass seine Euphorie übertrieben ausfiel, seine Freude war jedoch auf dem Siedepunkt. Noch dazu hatte er das Gefühl, durch die enorme Müdigkeit haltlos zu sein. Die Schiebetüren öffneten nicht, als er davor Stellung bezog. Nach kurzer Verunsicherung bewegte er sich noch einmal vor und zurück, ohne eine Bewegung der Flügel zu bewirken. Aus der Tatsache, dass er vor der offiziellen Schwimmbadöffnung vor Ort war, schloss er, dass die Tür noch nicht in Betrieb war und so versuchte er es, bei einem regulär funktionierenden Modell nebenan. Er presste gegen das Glas, mit einer Inbrunst, als würde er eine große Pforte öffnen wollen, um feststellen zu müssen, dass diese Tür durch gezogen werden musste. Durch sein Fehlverhalten verflog schlagartig ein wenig Euphorie. Endgültig auf dem Boden angelangt war Malte, als er die Türschwelle überschritt und ihm die Hitze des Schwimmbads entgegen schoss. Unterschiedlicher hätten Temperaturen nicht sein können. Der Schweiß wurde ihm sofort aus den Poren von Stirn und Rücken getrieben.

Das, obwohl er im Körperkern noch immer den Frost der Fahrradtour spürte. Innen verkrampftes Frieren, außen schmelzendes Glühen.

Den Reißverschluss seiner Jacke öffnend, sah sich Malte um. Eine überschaubare Loungelandschaft, aus langen kreisförmigen Sofas, sollte den wartenden Gästen die Dauer ihres Aufenthalts angenehmer gestalten. Die straffen, orangefarbenen Kunstlederpolster machten auf den ersten Blick allerdings alles andere als einen gemütlichen Eindruck. Malte überflog die Vitrinen, in denen Schwimmutensilien, für die Gäste, die etwas vergessen hatten und sich spontan behelfen mussten, zum Kauf angeboten wurden. Er suchte verzweifelt nach einem Mitarbeiter, bei dem er sich hätte melden können. Die Dame hinter dem Tresen nahm er erst wahr, als er sich nur noch ein paar Schritte davon entfernt befand. Das lag in Kombination aus einem überdimensionierten Möbel und einem unterdimensionierten Menschen dahinter.

Malte wusste gar nicht wo sein Blick zuerst hinwandern sollte. Die kleine Frau die hinter dem Tresen saß, hatte so viele Merkmale die die Aufmerksamkeit des Gegenüber erregten, dass er gar nicht wusste wo er zuerst hinsehen sollte. Die Haut war rötlich braun und ledern, und faltig von den offenbar zahlreichen Besuchen im Solarium. Der Kurzhaarschnitt war unnatürlich frisiert und durch mehrere farbige Strähnen an unterschiedlichen Stellen sehr facettenreich. Jedes nur erdenkliche Accessoire, das man seiner Erscheinung hinzufügen konnte, wurde genutzt. In beiden Ohren waren mehrere Löcher gestochen, die mit funkelnden, diamantenen Ohrstecker gefüllt waren. Die eckigen Brillengläser waren zwar rahmenlos, hingegen waren die Bügel dafür umso glänzender und funkelnd bestückt. Die Kleidungsstücke waren frei von Pailletten oder Glanz, allerdings so farbenfroh und wild kombiniert, dass auch dort das Auge nur schwer loslassen konnte. Alle Finger waren voller Ringe, die jeder mit mindestens einem Stein besetzt war. Eine Farbe ihrer Uhr war nicht erkennbar, denn auch hier war jede freie Fläche mit einem Stein besetzt. Zu guter letzt, waren die Ärmel hochgezogen, somit, und vielleicht auch gerade damit, man die Unterarme und das was sich auf ihnen befand, gut erkennen konnte. In je der gleichen Schriftart und im selben Stil, standen dort die Namen "Desirée" und "Lionel", in ausladenden Lettern, mit Sternen und Kugeln in verschiedenen Farben, geschrieben.

Nachdem Malte alle Details einmal überflogen hatte, landete sein Blick bei ihren Augen und traf den ihrigen. In dem Moment stellte er fest, dass er doch noch ein Detail übersehen hatte. Kleine glitzernde Steine verzierten die Außenseiten Ihrer Lider. Die schillernde Dame blickte Malte zwar an, sagte aber nichts. Weder mit Worten, noch mit ihrer Gestik.

"Moin. Malte Pedersen. Fang heut mein Praktikum an", klang es voller Stolz aus dem jungen Mann heraus.

"Na denn man herzlichen Glückwunsch", entgegnete sie ihm.

Für einen Zehntel einer Sekunde freute sich Malte, merkte dann jedoch, dass dieser Satz zu einhundert Prozent ironisch gemeint war. Beate Krüger, entnahm Malte dem Namensschild, das auf dem Tresen stand. Er war verunsichert und wusste nicht wie zu antworten und wartete lieber erst einmal was von ihr kommen würde. Frau Krüger indes, sah gebannt auf ihren Bildschirm und machte nicht den Anschein, als würde sie noch etwas sagen wollen. Malte fragte sich, ob das was sie auf dem Computer so beschäftigte geschäftlich oder privater Natur war. Endlich unterbrach sie das Schweigen in herrischem Ton ohne aufzublicken.

"Die Spinde für die Mitarbeiter sind im Keller, neben den Umkleiden für die Gäste", sprach sie und zeigte blicklos auf Treppenstufen, die nach unten führten. "Musst die Tür nehmen wo Personal draufsteht."

Malte sah sie an, in der Erwartung, dass dem noch etwas folgen würde. Beate Krüger blickte vom Bildschirm ab und Malte genervt an.

"Ist offen", war alles was sie akustisch noch von sich gab. Ihre Mimik vermittelte Malte, dass er sich jetzt verziehen sollte.

Auf dem Weg nach unten, ging Malte so einiges durch den Kopf. Er nahm sich fest vor, Frau Krüger nicht zu arg an seiner Motivation nagen zu lassen, hoffte aber insgeheim auch, dass er nicht zu viele Berührungspunkte mit ihr haben werde.

Am Ende der Treppen führte ein Flur durch das Untergeschoss. Auf der linken Seite ging eine Tür für Gruppenumkleiden männlicher Gäste ab, dann kam ein kleiner Gang der zu Einzelkabinen führte. Es folgte eine große Spiegelwand, vor der ein Brett angebracht war, in das Handföns eingelassen waren. Davor standen runde Hocker im Stil der Sofas im Erdgeschoss. Nach dem Spiegel folgte erneut ein Gang zu Einzelkabinen, danach Gruppenumkleiden für Damen und ganz am Ende des Flurs, zu guter letzt, eine Tür mit der Aufschrift "Personal".

Schon von draußen konnte Malte die Musik hören. Als er die Tür öffnete wurde die sie allübertreffend. Laut erfüllte sie den gesamten Raum. Der Raum, das waren nur wenige Quadratmeter. Die Wände wirkten kahl, in der Mitte stand ein Block aus olivfarbenen Metallspinden, mit einer schmalen Holzbank davor. Malte trat einen kleinen Schritt nach rechts um nachsehen zu können, ob die Musik hinter den Spinden seinen Ursprung hatte. Eine der Türen war geöffnet und es stand dort ein kleiner dicklicher Mann, der gerade in den letzten Zügen war sich anzuziehen. Er trug ein ausgebeuteltes, ausgeblichenes graublaues T-Shirt, eine übergroße trübe Jogginghose - nicht in der selben Farbe wie das Oberteil, aber es ging in die selbe Richtung. Barfuß stand er in Adiletten. Diese waren offenbar neuwertig. Er hatte ein rundes Gesicht, seine Haut glänzte und die dunklen Haare auf seinem Kopf, führte er mithilfe von Gel, das einen Nasseffekt verlieh, zu einer Spitze auf dem Scheitel zusammen. Dass das Haar lichter wurde, war deutlich, wurde jedoch noch deutlicher hervorgehoben durch die Wahl seines Stylingprodukts. Er nahm Malte nicht wahr. Akustisch nicht, weil die Musik so laut war, visuell nicht, weil er voll konzentriert Bewegungen zur Musik ausführte. Die Art der Musik war Malte unbekannt. Der Text schien osteuropäischer Herkunft, die Melodie eine aggressive Mischung aus Rap und elektronischem Lärm. Dem jungen Mann schien es zu gefallen.

Malte wollte nicht auf sich aufmerksam machen und sah auf seiner Seite einen noch freien Spind, legte seinen Rucksack hinein und zog sich die Jacke aus. Zügig hintereinander stoppte erst die Musik und knallte im Anschluss eine Tür. Im fast gleichen Moment stand der Musikliebhaber mit etwas Abstand neben Malte. Er wirkte keineswegs überrascht, schien also doch mitbekommen zu haben, dass jemand den Raum betreten hatte.

"Morgen!", sagte er mit einer beachtlicher Entschlossenheit und so viel osteuropäischem Akzent, wie man auch nur in ein Wort legen konnte. Auch seine Körperhaltung strahlte sehr viel Selbstbewusstsein aus.

"Guten Morgen", antwortete Malte.

Die Fallhöhe zwischen der vorangegangenen Selbstsicherheit seines neuen Kollegen und der Unsicherheit Maltes war enorm. "Hab heut meinen ersten Tag", fuhr er fort.

"Und nun bist du auf Frau Krüger getroffen und hast direkt keine Lust mehr", brachte der Adilettenträger den Satz zu Ende.

Malte war beeindruckt, mit welch starkem Akzent er sprach, dennoch aber in Geschwindigkeit und Vokabular zeigte, dass er die Sprache hervorragend beherrschte. Der junge Mann wartete keine Antwort seines Gegenüber ab.

"Komm mal mit, ich zeig dir alles. Von der kannst du eh nichts lernen", sagte er, während er sich zum Gehen abwendete.

"Yuri", tönte es noch, jedoch mit Blick zur Tür und nicht besonders lautstark.

"Was?", fasste Malte nach.

"Yuri, mein Name ist Yuri", sagte er, etwas lauter und nun mit dem Blick in Maltes Richtung. Im Mundwinkel war der Ansatz eines verschmitzten Grinsens zu erkennen. In dem Moment verließ er die Tür und Malte hatte Mühe seinen flotten Schritten zu folgen.

Kapitel 2

Auf dem Weg nach Hause hatte Malte das Gefühl die Strecke das erste Mal zu fahren. Der Radweg samt Grünstreifen sah genauso aus wie am Morgen, die Umgebung nicht. Es war, als würde er das selbe Bild noch einmal sehen, nur dass vorher eine Schablone auf allem lag, was sich außerhalb des Lichtkegels seines Scheinwerfers befand. Hätte er in der Früh alles sehen können, er hätte es dennoch nicht wahrgenommen, denn sein Hirn war nahezu erfroren. Nun war er zu einer Verarbeitung in der Lage, denn die Temperaturen ließen es zu. Dennoch war da etwas anderes, das seinen Verstand vollends in Anspruch nahm. Der erste Tag in seinem neuen Leben, der Moment den er sich in seinem Kopf schon so lange herbei gesehnt und sich oft und detailreich vorzustellen versucht hatte. Endlich wurde aus Zukunft Gegenwart und nun konnte er ihn in der Vergangenheit reflektieren.

Die Gedanken schossen hin und her. Zwischen morgens, mittags und nachmittags, den verschiedenen Aufgaben und Stationen, vor allem zwischen einem positiven und negativen Fazit. Yuri war für alle operativen Dinge im Betrieb zuständig. Er zeigte Malte wie zum Arbeitsbeginn überall das Licht anzuschalten war, welche Knöpfe man drücken musste um eine Ansage durch das gesamte Gebäude zu sprechen und wo die

Schwimmhilfen für die Badegäste untergebracht waren. Es blieb leider nicht bei der einmaligen Begegnung mit Frau Krüger. Sie war die administrative Kraft und hatte ebenso viele Arbeiten, die einem Praktikanten beigebracht werden sollten. Das war zwar ihre Aufgabe, ihre Muße dies zu tun, lag bei null. Malte gab sich wirklich Mühe. Er hatte einen eigens dafür angeschafften Spiralblock dabei, einen gespitzten Bleistift im Anschlag und war bereit alles aufzuschreiben, damit ihm jede Information nur einmal zugetragen werden musste. Frau Krüger hingegen, schien dies nicht schätzen zu wissen. Sie wirkte durchgehend genervt. Nicht nur weil sie das tun musste was sie tat. Sie gab Malte das Gefühl, dass seine Person bei ihr nicht willkommen und zusätzlich, dass sie mit seiner Arbeit unzufrieden war. Sie zeigte ihm wie man am Computer die verschiedenen Ticketarten kassierte. Im Falle von Sonderpreisen durch Studenten-, Rentner- oder Schwerbehindertenausweise, musste eine spezielle Einstellung vorgenommen werden. Sie erklärte die Details so schnell, dass Malte Schwierigkeiten hatte mitzuschreiben. Und gerade als er an den Rand der Unmöglichkeit trieb, seine Hand verkrampfte und sein Hirn raste, drehte Frau Krüger noch einmal auf und wurde noch schneller. Er war sich sicher, dass er aufgrund der überdurchschnittlichen Motivation für seinen ersten Tag, mehr Leistung brachte und schneller schrieb, als man es von einem normalen Menschen hätte erwarten können. Er war wirklich ehrgeizig und wollte es vermeiden, doch er unterbrach Frau Krüger und bat sie, den letzten Schritt noch einmal zu wiederholen. Der Moment war vollkommen nachvollziehbar. Sein Tutor allerdings war frei von jeglichem Verständnis, ging an die Decke und wurde laut.

"Nun pass halt auch mal auf! Du bist überhaupt nicht bei der Sache", tönte sie, was schlichtweg gelogen war, denn um überhaupt so viel mitgeschrieben zu haben, musste er zu einhundert Prozent anwesend sein.

"Tut mir leid, aber dieser letzte Punkt mit dem…", begann Malte sich zu unrecht zu rechtfertigen und wurde jäh unterbrochen.

"Ach hör auf mit dem Blödsinn, ich zeigs jetzt ein letztes Mal."

Frau Krügers Reich war der Empfang, die Kasse und die Buchhaltung. Maltes Glück war ihre Faulheit. Er konnte an einer Hand abzählen, wie oft sie an diesem Tag ihren Stuhl verließ. Wenn das so blieb, könnte er sich zumindest darauf einstellen, wann und wo er Vorsicht walten lassen musste.

Zu den Kunden war Frau Krüger ausgesprochen freundlich. Das wirkte auch nicht aufgesetzt. Nur zu Malte war sie unverhältnismäßig streng und das ohne, dass er ihr, seines Wissens nach, dafür einen Grund gegeben hatte.

Yuri war das komplette Gegenteil in Bezug auf den neuen Mitarbeiter. Er war freundlich und fragte nach jedem Arbeitsschritt, ob er sich verständlich ausgedrückt hatte und nicht noch einmal wiederholen solle.

"Tut mir wirklich leid, dass mein deutsch so schlecht ist", kam es an diesem Tag des Öfteren über seine Lippen.

Malte widersprach dann immer und überflog zur Sicherheit noch einmal seine Notizen. Yuri erklärte wirklich gut und in einem Tempo, durch das Malte in der Lage war, ausführlich zu protokollieren. Auch wenn er zwar immer versicherte alles verstanden zu haben, so erzählte Yuri meist die selbe Geschichte ein zweites Mal.

"Na ja, ich zeige es dir lieber noch einmal, sicher ist sicher", sagte er dann und erzählte alles noch einmal und langsamer als zuvor.

Malte versuchte ein Fazit zu finden. Seine Mutter hatte ihn im Vorfeld maximal verunsichert. Sie teilte Maltes Begeisterung mitnichten und stellte seine Pläne Bademeister zu werden in Frage. Das spornte Malte teilweise an, verunsicherte ihn aber im selben Maße. Was ihn antrieb war, dass seine Mutter ihm nicht zutraute die Sache wirklich durchzuziehen. Was ihn verunsicherte war, dass sie die Perspektiven des Berufs in Frage stellte.

"Bademeister ist ein Job, den macht man ehrenamtlich oder nebenbei. Das machen Rentner oder Studenten", begann sie so oft, dass Malte die Predigt leise hätte mitsprechen können.

"Du kannst nicht wirklich vorhaben, nach dem Abitur das hauptberuflich zu machen. Damit kannst du kein Geld verdienen."

Das war ihre Meinung und damit hatte sie nicht ganz unrecht. Malte war keine Geschichte bekannt, von einem Bademeister der durch wirtschaftlichen Erfolg in seinem Beruf Aufmerksamkeit erlangt hatte. Es war nie sein Wunsch eine Managerlaufbahn anzustreben und irgendwann einen teuren Sportwagen zu fahren. Ein normales Leben sollte der Job, für den Malte sich entschied aber schon ermöglichen. Die Mottenlöcher in Yuris Jogginghose vermittelten nicht den Eindruck, als wäre er finanziell besser gestellt. Dafür wirkte er ehrlich und zufrieden. Und das war es was Malte sich durch diese Berufswahl erhoffte. Sein Antrieb hatte nichts mit Geld zu tun.

Kapitel 3

Malte lag in seinem Bett auf der Seite und starrte an die Wand. Jacke, Schuhe und Rucksack hatte er noch an. Der Tag war anstrengend, er war müde und hatte Kopfschmerzen. Ab und an fielen ihm die Augen zu. Mal nur kurz, mal für länger. Noch immer schossen die Ereignisse durch seinen Kopf und je länger die Lider geschlossen blieben, desto bildhafter.

Irgendwann riss ihn sein Magen mit einem lauten Knurren, gefolgt von Schmerz aus den Gedanken. Malte hatte den ganzen Tag nichts gegessen, daran hatte er bisher nicht gedacht und nun wurde es ihm umso deutlicher bewusst. Er ließ fallen was in der Wohnung nicht an seinen Körper gehörte und machte sich auf in die Küche.

Geboren und aufgewachsen war Malte im kleinen Ort Niederulfen. In Niederulfen wohnen Menschen. Sie essen und schlafen dort. Danach beziehungsweise davor fahren sie in irgendeinen anderen Ort um zu arbeiten, denn in Niederulfen tut dies keiner. Möglichkeiten dazu sind nicht vorhanden. Es gibt dort keinen Supermarkt, keinen Bäcker, keinen Friseur, ja nicht mal irgendeinen Handwerker der zu Hause in seiner Garage seine Basis hat, von der aus er seine Aufträge annimmt. Das nächstgelegene Schwimmbad befindet sich in Wessenburen. Malte hätte jeden Morgen über eine Stunde mit dem Fahrrad auf der stark befahrenen Landstraße - denn zwischen Niederulfen und Wessenburen gab es keinen Fahrradweg - dorthin fahren müssen. Seine Tante Ricarda wohnt in Wessenburen und hat ein Zimmer frei, also wohnt Malte bei ihr. Sie arbeitet in einem Hotel, das wiederum mit dem Auto eine Stunde von Wessenburen entfernt liegt. Sie ist nicht für das Hotel tätig, sondern arbeitet im hoteleigenen Restaurant, denn Tante Ricarda möchte unbedingt Köchin werden. Das Restaurant hat wohl zwei Sterne, was viel ist, so wurde es Malte versichert, und das ist es ihr wert, all ihre Zeit und Energie ihrer Arbeit zu schenken. Denn Tante Ricarda ist so gut wie nie zu Hause. Und wenn sie zu Hause ist, dann bekommt Malte nichts davon mit, weil sie in ihrem Zimmer ist und schläft. Es sei denn sie schläft beim Fernsehschauen auf dem Sofa ein, dann sieht er sie. Wenn Tante Ricarda nicht da ist, passt Ruben auf die Wohnung auf. Ruben ist ein übergroßer Maine-Coon-Kater, braun, schwarz und weiß getigert und sieht aus wie ein Tier das jemand von einer Expedition mitgebracht hätte. Ruben und Ricarda passen ganz gut zusammen, denn auch er schläft nahezu ausschließlich. Malte kann über die Augenfarbe von Ruben keine Auskunft geben, denn er hat sie noch nie sehen können. Wenn er nicht jedes Mal, wenn Malte die Wohnung betritt an einer anderen Stelle läge, würde Malte glauben er wäre ausgestopft.

Tante Ricardas Wohnung hat zwar 5 Zimmer und einen Flur, ist aber dennoch sehr klein. Wenn beide Bewohner, Ruben in dem Fall ausgenommen, zur selben Zeit anwesend wären, hätte man Schwierigkeiten sich auf dem Weg zu gehen. Es handelt sich um einem Plattenbau. Die Fenster sind nach Norden und Süden ausgerichtet. Da direkt daneben die nächsten Häuser der Art stehen, ist es zu egal welcher Tages- und Jahreszeit, nicht möglich, die Räume von Tageslicht durchflutet zu erleben. Vom schmalen Flur aus, gehen neben der Haustür, fünf weitere Türen ab. Eine zur schmalen Küche, eine zum schmalen Bad und eine zu Maltes Zimmer, das auch schmal ist. Zwei Räume sind nicht schmal, das sind Tante Ricardas Schlafzimmer und das Wohnzimmer. Diese beiden sind dafür jedoch kurz.

Die Küche wirkt irgendwie auch wie ein Flur. An der einen langen Wand ist eine Einbauküche über die gesamte Länge und Höhe verbaut, was den Raum noch etwas gedrungener wirken lässt. Gegenüber steht ein kleiner Tisch mit zwei Stühlen und wenn man am Tisch sitzt, kann man die Beine nicht richtig ausstrecken, weil man dann schon an den Ofen stößt.

Malte machte das alles nichts aus. Er war dankbar dort wohnen zu dürfen. Er empfand irgendwie auch eine Art Dankbarkeit Tante Ricardas Arbeit gegenüber, denn dass sie so viel arbeiten musste, ersparte es ihm, übermäßig Zeit mit ihr verbringen zu müssen. Nicht, dass er sie nicht leiden konnte. Malte hatte einfach lieber seine Ruhe.

Tante Ricardas Beruf brachte noch eine durchaus positive Seite mit sich. Der Kühlschrank war immer randvoll. Es handelte sich nahezu ausschließlich um Lebensmittel, die Malte nicht kannte. Viele hatten französische Aufschriften, was es Malte nicht ermöglichte zu lesen um was es sich handelte. Außerdem Plastikschüsseln die zwar durchsichtig waren, aber unerkennbaren Inhalt beherbergten. Malte hatte von Lebensmitteln keine Ahnung. Er aß zweckmäßig wenn er Hunger hatte und dann mochte er was satt machte. Er war aber auch nicht besonders wählerisch und probierte alles aus.

Als er jedoch vor dem Kühlschrank stand und nach etwas Ausschau hielt, dass seinen Appetit ansprach, hatte er große Schwierigkeiten. Etwas verschlossenes wollte er nicht extra öffnen, lieber sich etwas angebrochenem bedienen. Es gab gestapelte Plastikdosen, alle durchsichtig, in unterschiedlichen Höhen aber vom selben Typ. Die Behälter wirkten etwas steril, wie in einem Forschungslabor. Er überflog sie, ihm fiel es jedoch schwer von außen zu erkennen was sich in dessen Inneren verbarg. Die ein oder andere öffnete er, aber oft war es nur eine Sauce in irgendeinem Braunton oder Stücken von Gemüse das er nicht kannte. Nach Experimenten war ihm am heutigen Tag nicht zu Mute.

Dann wurde er fündig. In einer Dose fand er Milchreis, was in dem Moment genau das Richtige war. Er schloss den Kühlschrank, nahm sich einen kleinen Löffel. Auf ein Erwärmen verzichtete er und auch auf die Suche nach Zimt oder Pflaumen. Der Hunger war so groß, dass er den Milchreis direkt aus der Dose aß.

In Gedanken war er noch immer woanders und so nahm Malte erst recht spät war, dass es sich bei dem was er aß, keineswegs um Milchreis handelte. Er war nicht süß sondern herzhaft. Bei genauerem Hinsehen konnte er keinen optischen Unterschied zu Milchreis erkennen, außer vielleicht, dass der Reis in seiner Dose einen leichten Gelbstich hatte. Auch die Konsistenz war so schlotzig und weich wie es Malte von Milchreis gewohnt war. Geschmacklich lagen zwischen dem was er kannte und dem was er aß hingegen Welten. Es schmeckte so als wäre der Reis nicht in Milch, sondern in Käse gekocht. Aber nicht in solchem Käse, den man sich in Scheiben aufs Brot legt, sondern die Art von Käse, die Malte vom Italiener kannte. Den, der immer in Glastöpfchen mit Metalldeckeln bei Nudeln dazu gestellt wird, und den man dann drüber streuen kann. In diese Richtung ging der Geschmack. Der Reis schmeckte allerdings so intensiv nach diesem Käse, dass sich Malte, auch wenn sein Kochverständnis viele und deutliche Grenzen aufwies, nicht erklären konnte, wie das möglich war. In seinem Wahn vertilgte er die gesamte Dose, obwohl davon sicher drei Personen hätten satt werden können. Als kein einziges Reiskorn mehr über war, blieb Malte noch einen Moment sitzen und sann dem eben erlebten nach. So ein Geschmackserlebnis war ihm neu. Sein Magen fühlte sich großartig an. Er war zufrieden und merkte, dass die Grübeleien des Tages vom Käsereis vollkommen verdrängt wurden.

Kapitel 4

Die Fahrt zur Arbeit am nächsten Morgen war ähnlich schlimm wie am Vortag. Malte war nach dem Käsereis so müde, dass er sich nur kurz im Bett ausruhen wollte. Leider war er direkt eingeschlafen und erst in der Früh durch Geräusche von Tante Ricarda aufgewacht, die zu seinem Glück immer sehr früh aufstand. Dadurch hatte Malte zwar nicht komplett verschlafen, war aber so spät dran, dass er erneut Handschuh und Mütze vergaß. Und das Fahrrad war noch immer nicht repariert.

Er war sich nicht sicher, ob die Temperaturen an diesem Morgen etwas milder waren, oder er es, durch die Tatsache, dass das Empfinden von Frost auf seinem Fahrrad eine Wiederholung darstellte, als weniger gravierend empfand. In jedem Fall war es wieder eisig, er war wieder müde und er musste sich wieder abstrampeln.

Immerhin war er dieses Mal nicht so aufgeregt. Tags zuvor bereitete ihm das Ungewisse Kopfzerbrechen, nun wusste er was kam. Und doch hatte er große Lust an diesem Tag wieder etwas zu lernen und nahm sich vor, seinen Frohsinn von einer Frau namens Beate Krüger nicht nehmen zu lassen. So schoss er zwar freundlich grüßend, dennoch direkt an ihr vorbei, die Treppenstufen nach unten und in den Personalraum. Dort bot sich ihm das selbe Szenario wie am Vortag. Die Musik war ähnlich laut und ähnlich schräg. Malte hätte aber nicht sagen können, ob es das selbe Lied wie am Vortag war oder gar ein anderer Künstler. Er schloss die Tür. Das hörte Yuri offenbar und sah oberkörperfrei hinter seinem Spind hervor. Ein kräftiger Oberkörper zog die Aufmerksam auf sich. Schultern, Brust und Oberarme machten den Eindruck, als würden sie öfter im Fitnessstudio eingesetzt. Als Malte den Blick jedoch sinken ließ, sah er, dass Yuri es wohl bei den oberen Extremitäten beließ, wenn er trainierte. Sein Bauch wirkte nicht so, als käme er beim Sport an die Reihe.

"Na, bereit für Baywatch Teil 2?", schrie Yuri um die Musik zu übertrumpfen, der Stolz über diesen großartigen Witz stand ihm im Gesicht.

"Ja witzig. Teil 2, Tag 2, verstehe."

Malte lachte etwas, denn er wollte nicht unhöflich sein, musste sich aber keine Gedanken machen. Yuri lachte selbst zu laut, als dass es für das Maß an Komik angebracht gewesen wäre und verschwand direkt wieder hinter seinem Schrank, unbekümmert ob und wie sein Witz gegenüber ankam.

Beide machten die morgendliche Routine wieder gemeinsam. Dieses mal, ließ der Routinier dem Neuling den Vortritt. Der hatte seinen Block in der Hand und profitierte von detaillierten Notizen.

"Wahnsinn, Malte. Genau so muss es sein!", tönte Yuri euphorisch und mit gewohnt starkem

Akzent. Auf dem Tagesplan stand die Wartung der Wasserpumpen und der Wechsel deren Filter. Das Schwimmbad bestand im Grunde aus einem großen Raum. Außen die Glasfronten, in der Mitte das große Becken. Dazwischen ein Rand aus Fliesen mit vereinzelt Liegestühlen, hier und da eine gefliese Bank als Ablage und das war es. Kein Kinderplanschbecken, kein Bistro für Pommes rotweiß, keine Sauna.

Die Pumpen waren um das Becken herum in den Überlaufrinnen verbaut. Yuri und Malte mussten alle Gitter anheben und sich um die darunter liegenden Filter kümmern. Das war eine Arbeit die im ersten Moment überschaubar klang, in der Umsetzung jedoch recht aufwendig und vor allem kompliziert war. Die Pumpen lagen circa 30cm unter der Oberfläche, der Spalt so schmal, dass man nicht richtig hinein kam. Zusätzlich musste dort unten auch noch ein Stück Schraubgewinde gelöst werden, was unendlich lang schien. Kurz gefasst, der Tausch der Filter war mühsam und es gab viele davon.

Als sie begannen war das Becken noch menschenleer, denn das Schwimmbad wurde eben geöffnet. Nach und nach füllte es sich mit Badegästen. Hier und da schwammen Damen und Herren in unterschiedlichem Tempo. Herrschaften gesetzten Alters zogen gemächlich ihre Bahnen in Brustlage. Ebenso gab es zwei schlanke Männer mit grellen Badekappen und bunt verspiegelten Schwimmbrillen, die ambitioniert durch das Becken kraulten. Zwei Bahnen wurden von den Besuchern gemieden, ohne dass es einer Absperrung bedurfte. Malte und Yuri wechselten sich mit den Pumpen ab und immer wenn Yuri an der Reihe war mit Bücken und Schrauben, beobachtete Malte interessiert die das Geschehen im Becken. Nach und nach füllten sich auch die beiden freigelassenen Bahnen. Es waren ausschließlich Senioren die Plätze einnahmen. Nicht etwa schwammen, sondern sich je an einer Stelle positionierten und stehen blieben. Das Becken begann flach wo das Wasser knapp bis unter die Brust reichte und wurde allmählich tiefer. Die älteren Herrschaften hielten sich unregelmäßig verteilt im flachen Bereich auf und markierten den abfallenden Bereich, indem dort eine klare Linie gezogen wurde. Alle Omas und Opas standen still und blickten gedankenverloren, an ein und die selbe Stelle. Es erinnerte Malte an einen Dokumentarfilm über Pinguine in der Antarktis, bei der erzählt wurde, dass sie in eine Richtung ausgerichtet, für Stunden verharren und kollektiv auf irgendetwas warten. Oder wie eine Gruppe Sektenanhänger, die einer Massenhypnose unterlegen sind.

Als Malte auf den Knien mit einem besonders störrischen Gewinde beschäftigt war, hörte er durch die Sprechanlage ein lautes Dröhnen. Offenbar hatte jemand das Mikrofon zu laut und zu früh in Betrieb genommen. Kurz darauf erklang eine Stimme.

"Guten Morgen, meine Damen und Herren! Ich hoffe ihr seid alle ausgeschlafen und fit für 20 Minuten volle Kraft voraus!"

Es war eine Frauenstimme, die sehr energisch, selbstsicher und ein wenig kratzig klang. So, als würde sie öfter in dieser Lautstärke benutzt.

"Wir trödeln gar nicht lange rum, auf gehts", appellierte sie weiter und im selben Moment begann ohrenbetäubender Lärm in Form von rhytmisch-dynamischer Popmusik durch die Lautsprecher zu schallen.

Die Frau gab kraftvolle Anweisungen an die Gruppe. Sie sprach impulsiv und auffordernd, jedoch nicht kommandierend. Malte wollte unbedingt einen Blick erhaschen. Er war vollends mit den Schrauben des Luftfilters beschäftigt, saß mit dem Rücken zur Gruppe und neben ihm hockte Yuri, der überhaupt nicht auf die Veränderung der Akustik reagierte. Noch dazu wirkte er genervt, dass das Abschrauben der benutzten und Aufschrauben der neuen Filter so lange dauerte. Endlich löste sich das Teil. Malte war erleichtert, übergab an Yuri und drehte sich voller Erwartung um. Im Wasser wippten synchron die weißbehaarten Köpfe der Rentner und am Beckenrand sah er sie.

Ihre Füße standen sockenlos in blütenweißen Turnschuhen. Ihre Beine waren sehr dünn und dennoch kräftig. Ihr viel zu großes T-Shirt reichte fast bis zu den Knien. Wenn sie sprang oder die Arme hob, bekam man zu sehen, dass sie eine sehr kurze und sehr enge Hose darunter trug. Ihr langes dunkles Haar war stark gewellt, aber noch nicht gelockt und wurde sporadisch durch einen Zopf versucht zu bändigen. Die Silhouette ihres

Kopfes war definiert, ihr Gesicht filigran und mit feinen Zügen an Lippen und Nase.

Malte war auf einen Schlag in ihrem Bann gefangen. Er konnte den Blick nicht von dieser Erscheinung abwenden und kam nicht umher sie anzustarren. Sein Glück war, dass sie sich mit dem Wechsel der Filter in ihre Richtung bewegten. Mit jedem Schritt näher, entdeckte er neue Details und mit jedem Detail eine Eigenschaft mehr, die er faszinierend fand. Ihre Beine und Arme waren von makellosem Teint, in ihrem Gesicht rechts und links der Nase jedoch waren Pigmente, die wie Sommersprossen aussahen. Wenn sie sprang und sich drehte, kam Malte nicht umhin, ihr auf Po und Oberschenkel zu starren. Die Vorderansicht ihres Shirts, das viele Nummern zu groß sein musste, löste Erregung in ihm aus. Ihre Brüste konnten nicht besonders groß sein, denn es zeichneten sich keinerlei Rundungen ab. Was sich abzeichnete, waren Wölbungen, die sich durch den Stoff erhoben. Malte fragte sich, ob sie nichts drunter trug und sich ihre Brustwarzen deshalb so deutlich abzeichneten. Bei Sprüngen flog ihr Oberteil immer mal nach oben und legte ihren Bauch frei. Maltes Interesse war groß, einen Blick zu erhaschen wenn womöglich etwas von ihren Brüsten hervor blitzte. Er merkte wie es in seiner Hose fest und in seinem Gesicht rot wurde und versuchte sich wieder auf seine Arbeit zu konzentrieren. Yuri übergab das Werkzeug an ihn und deutete genervt auf den nächsten Filter. Malte gab sich Mühe seinen Fokus auf das Schrauben zu lenken und hoffte, dass Yuri die Aufregung in seinem Schritt und die Schamröte in seinem Gesicht nicht mitbekommen hatte. Zu peinlich wäre ihm beides gewesen.

"Super, ihr wart klasse, vielen Dank! Bis nächste Woche!", knallte es durch die Lautsprecher.

Die Musik verstummte, das Mikrofon dröhnte erneut wie zu Beginn. Als Malte den Blick vom Wasserfilter hob und er, den Kopf wild von links nach rechts schwenkend, das Schwimmbad absuchte, erfasste er viele faltige Körper mit weißen Haare, nicht jedoch wonach er auf der Suche war.

Kapitel 5

Auf dem Weg nach Hause fuhr Malte das ein oder andere Mal in den Straßengraben und entkam nur knapp einem Sturz. Sein Verstand war derart mit der Verarbeitung des Tages beschäftig, dass nicht mal mehr seine Grundinstinkte funktionierten.

Als er die Haustür aufschloss, klingelte das Telefon bereits. Im Normalfall hätte er nicht abgenommen, denn es handelte sich ja um Tante Ricardas Telefon. Da er tief in Gedanken war, griff die Hand eher unterbewusst nach dem Hörer.

"Hallo?"

"Malte, hier ist Mama", klang es freudig durch den Apparat. "Na, wie ist es, dein Praktikum?".

"Großartig!", begann Malte zu antworten. "Gestern war ich mir noch nicht so ganz sicher, ob das das Richtige ist. Da gibts diese Frau am Empfang, Beate Krüger heißt die. Die hat es mir echt vermiest. Aber heut war alles super. Nach heute weiß ich, dass ich auf jeden Fall weitermachen will".

Am anderen Ende blieb es still. Malte bemerkte das nicht direkt, weil er darüber nachdachte, was er ihr verschwieg und was ihm außerdem einen Grund gegeben hatte so sicher zu sein, dass er bleiben wollte. Er dachte an die Beine, die Haare und an das was unter dem Stoff war und sich auf dem Shirt abzeichnete. In Maltes Gesicht wurde es wieder warm, die Wangen anscheinend wieder rot. Das Schweigen am anderen Ende der Leitung vernahm er auch. Maltes Mutter musste ebenso gemerkt haben, dass ihre Antwort schon zu lange auf sich warten ließ.

"Mensch, das freut mich aber", unterbrach sie das Schweigen. Leider war deutlich zu erkennen, dass sie die Worte zwar sprach, aber nicht meinte. Der Vergleich zur Freude mit der sie sich gemeldet hatte, war einfach zu groß.

In dem Sommer, in dem Malte den Wunsch geäußert hatte, nach der Schule Bademeister zu werden, tat sich seine Mutter sehr leicht, diesen Traum als Flausen abzutun. Mit jeder Woche und jedem Monat, den Malte allerdings an diesem Ziel festhielt, wurde auch seiner Mutter immer klarer, dass er es ernst meinte. Und mit jedem Tag den Malte seinem Abi näher kam, sank ihrerseits die Begeisterung darüber. Sie freute sich, dass er ein klares Ziel formulieren konnte und daran fest hielt. Was das Ziel allerdings war, stellte für sie ein Problem dar. Sie willigte dem Praktikum nur ein, da sie sich sicher war, er würde merken, dass die Arbeit im Schwimmbad nichts für ihn sei. Malte spürte durchaus, dass sein Glücksgefühl nicht direkt mit dem seiner Mutter gekoppelt war. Was genau ihr Problem war, wusste er nicht. Er hatte sie nie gefragt.

"Morgen Vormittag ist das Bad für Besucher geschlossen", überging Malte das Trübsal seiner

Mutter. "Am Beckengrund muss was repariert werden und da wird das Wasser komplett rausgelassen. Nach der Reparatur müssen wirs wieder füllen. Das sind vierhunderttausend Liter Wasser. Das musst du dir mal vorstellen!"

"Mhmh, das klingt spannend", war die Reaktion seiner Mutter, nur merkte Malte, dass das ein Heucheln von Aufmerksamkeit war.

In Gedanken war sie woanders, nur gab sie dies nicht zu. Ob diese Gedanken etwas damit zu tun hatten, dass das eben Gehörte nicht ihren Vorstellungen entsprach, Malte konnte es nicht sagen. Diese Reaktion kannte er schon zu gut. Reden war eine der größten Stärken seiner Mutter. Zuhören dagegen ihre größte Schwäche.

Früher hatte es ihn wirklich traurig gestimmt, wenn er mit, für sein Empfinden, spannenden Geschichten aus der Schule nach Hause kam und sie ihr voller Stolz erzählen wollte. Er war ein Kind das oft begeistert war und ebendas mit seiner Mutter teilen wollte. Sie war bei den Erzählungen zwar körperlich anwesend und machte durch Bestätigungen den Eindruck des aktiven Zuhörens, gab dies aber nur vor. Im Nachgang betrachtet, könnte Malte nicht einmal sagen, dass er die Abwesenheit immer direkt mitbekam. Es war eher so, dass der Drang gehört zu werden und Aufmerksamkeit zu bekommen, stetig vorhanden war und auch nach dem Erzählen einer Geschichte nicht gestillt wurde. Warum, das war ihm damals nicht bewusst. Er dachte es wäre normal.

Statt ihm zu sagen, dass sie beschäftigt und gerade nicht in der Lage war, zu hören oder zu sehen was er tat, gab sie vor, sie würde es tun. Sprach er sie darauf an und fragte nach, verleugnete sie die Tatsache und er glaubte es.

Über viele Jahre hinweg war das ein unterbewusster Vorgang, der als Selbstverständlichkeit von Malte hingenommen wurde. Wenn man es nicht anders kennt, hinterfragt man es auch nicht. Im Laufe seiner Entwicklung fiel irgendwann der Vorhang und Malte wurde es klarer um diese Situationen und die Erinnerungen an vorangegangene. Die Erkenntnis machte ihn sehr traurig, denn ihm wurde damit auch bewusst, dass das Gefühl mangelnder Aufmerksamkeit der Mutter nicht üblich war. Malte stellte in seinem Leben einige Male fest, dass es ihm besser ergangen wäre, wenn er gewisse Erkenntnisse nicht gehabt hätte. Unwissenheit war für ihn eine Tugend und Naivität ließ ihn Dinge oft besser bewältigen.

Kapitel 6

"Machst Du eigentlich nie Mittag?", fragte Yuri ohne Vorankündigung.

Malte war in Gedanken vertieft.

Über Nacht wurde das Becken geleert und früh am Morgen begannen die Wartungsarbeiten. Dafür liefen Yuri und Malte über den Grund des Beckens und suchten systematisch nach Macken, die es galt auszubessern. Es gab einen sehr straffen Zeitplan. Ein Elektriker wechselte prophylaktisch alle Birnen, obwohl sie noch funktionierten, denn die Gelegenheit, dass das Becken komplett entleert war, ergab sich nur einmal im Jahr. Ein Handwerker prüfte und reinigte alle Zu- und Abflüsse, die sonst unter Wasser lagen. Und ein Fliesenleger ging hinter Malte und Yuri her um auf Kommando Ausbesserungsarbeiten an Boden und Wänden vorzunehmen. Der Zeitdruck war groß. Das Bad sollte am frühen Nachmittag wieder öffnen und direkt im Anschluss der erste Kurs stattfinden. Ebenso groß war die Verantwortung, denn Malte allein war für die Kontrolle seines Abschnitts zuständig. Wenn er einen Schaden übersah, hätte er allein sich dafür rechtfertigen müssen. So hatte er den ganzen Vormittag weder geistige Kapazitäten um über das Telefonat mit seiner Mutter zu grübeln, noch in Tagträumen über das Mädchen von gestern zu schwelgen. Auch nicht um sich Gedanken zu machen, mit welchen Fragen über sie, er später hätte Yuri löchern können.

Als die Spurensuche beendet war, begann das Fluten des Beckens. Yuri und Malte standen still und gedankenverloren am Rand und beobachteten, wie sich es sich langsam wieder mit Wasser füllte.

"Ob du auch mal was isst, hab ich gefragt", unterbrach Yuri das Schweigen nochmals etwas lauter als zuvor. In den vergangenen Tagen war die Aufregung bei Malte so allgegenwärtig, dass er das Hungergefühl am Mittag gar nicht wahrnahm.

Ganz in der Nähe des Schwimmbads hatte eine Versicherung ihren Sitz. Da es in der näheren Umgebung nahezu keine gastronomischen Einrichtungen gab, wurde den Mitarbeitern des Schwimmbads das Sonderrecht eingeräumt, die Kantine, die normalerweise nur für Mitarbeiter der Versicherung bestimmt war, mitzubenutzen.

Das Gebäude war riesig in Höhe, Breite und Länge. Es bestand, zumindest äußerlich, nahezu ausschließlich aus Glas, das bronzefarben spiegelte.

Die Kantine befand sich im Erdgeschoss des Versicherungsgebäudes, direkt neben dem Haupteingang. Es war ein riesiger Raum der sich durch eine Treppe nach oben, um eine zweite Etage erweiterte. In der Mitte befand sich eine Kochinsel und drum herum Ausgabeflächen mit verschiedenen Köchen und Gerichten. Malte entschied sich für Königsberger Klopse, Yuri für Soljanka. Der nahm dazu soviel Brot, wie seine freie Hand greifen konnte. Sie setzten sich ans Fenster an einen Tisch für zwei. Yuri begann direkt mit dem Essen, gefühlt noch bevor er richtig Platz genommen hatte. Er hielt den Löffel wie ein Kleinkind eine Sandkastenschaufel. Den Kopf führte er nah an die Suppenschüssel heran, damit der Weg möglichst schnell überwunden war. Dennoch ging sehr viel von dem Eintopf daneben. Eigentlich konnte Malte es gar nicht abwarten seine Fragen zu stellen. Die Art und Weise allerdings, wie sein Gegenüber Nahrung zu sich nahm, verschlug ihm erst einmal die Sprache.

"Sag mal, dieser Rentnersport gestern", begann Malte und war erstaunt wie beiläufig es wirklich klang, denn das hatte er sich vorgenommen.

Er wollte versuchen durch Fragen über Zeitpunkt und Inhalt des Kurses, Informationen über das Mädchen zu erlangen.

"Johanna", unterbrach ihn Yuri und hielt es nicht für nötig die Frequenz des Löffelns zu verringern.

"Was?" entgegnete Malte kurz, denn vor Schreck war mehr Antwort nicht möglich.

Yuri sprach, den Blick weiterhin in Richtung Nahrung gerichtet.

"Johanna. Die Trainerin heißt Johanna. Du willst mich über sie ausfragen, oder?"

Malte war geschockt, dass er den Braten offenbar direkt riechen konnte. Yuri überraschte ihn. Sein unprätentiöses Äußeres und sein starker Akzent, verliehen im ersten Moment den Eindruck, er hätte nicht besonders viel auf dem Kasten. Nach und nach bekam Malte allerdings das Gefühl, dass der junge Mann cleverer war, als es den Anschein machte.

"Wer? Ach so, das Mädchen, das den Kurs gegeben hat, na ja, also…"

Die Pause zwischen seiner Frage und der eigenen Beantwortung war zu kurz um glaubwürdig zu wirken. Es war fast so als wollte Yuri Malte die Peinlichkeiten ersparen und unterbrach ihn aus purem Mitleid.

"Das ist Aqua Fit für Senioren. Findet pro Woche einmal statt. Johanna gibt den Kurs und die Rentner flippen voll aus auf sie."

Malte wurde es warm im Bauch, denn er tat es ja auch. Er dachte nach, wie er sein Interesse am schlausten in eine unauffällige Frage formulierte. Yuri bemerkte offenbar Maltes Schweigen, sah von seinem Rest Suppe auf und das erste Mal, seit dem sie sich gesetzt hatten, seinen Gegenüber an.

"Sie gibt noch einen Kurs. Mutter-Kind-Schwimmen. Du wirst sie also öfter sehen."

Er grinste noch kurz und wandte sich dann wieder seiner Schüssel zu. Die Freude über diese Tatsache ließ Malte vergessen, dass er sich ja eigentlich nichts anmerken lassen wollte. Yuri ließ den Löffel in die Schüssel fallen und sich selbst nach hinten in seinem Stuhl. Er war sichtlich stolz, dass er dieses Werk, dass Leeren seines Trogs vollbracht hatte.

"Schmeckt nicht, oder was?", fragte er in Maltes Richtung, deutete aber auf seinen Teller, mit der Absicht, sich auf noch um diesen kümmern zu wollen.

Malte hatte vor lauter Aufregung das Besteck zwar in der Hand, es aber nicht benutzt.

"Nein, nein. Ich esse das schon noch."

Klopse, Soße, Kartoffeln, alles war bereits komplett abgekühlt.

Kapitel 7

Auf dem Weg nach Hause machte Maltes fahrbarer Untersatz deutlich, dass er nun nicht mehr damit einverstanden war, seinen Dienst in der Form weiter zu leisten. Betätigte Malte die Bremse, so traf lautstark Metall auf Metall. Ebenso schien im Lenker irgendwo etwas nicht in Ordnung zu sein, denn wenn die Bremse mal griff, rutschte der Lenker ein Stück nach vorn. Malte war sich sowieso schon sehr unsicher, ob er bremsen konnte und wenn er es dann tat, hatte er Angst, der Lenker würde brechen und er auf Vorderrad, beziehungsweise Asphalt landen. Positiv war, dass das Rad noch einen anderen Defekt aufwies, der es ihm so schwer machte überhaupt Geschwindigkeit aufzunehmen, dass Bremsen selten notwendig war. Rollte er, war es still unter ihm. Trat er in die Pedale, hatte er das Gefühl mit seiner Kraft eher blechernen Lärm zu produzieren, als wie gewünscht Vortrieb. Die Zeichen, die ihm das Rad in den vergangenen Tagen gab, hatte er erfolgreich ignoriert. Länger war dies nicht möglich. Am heutigen Tag musste er tätig werden, wenn er am morgigen nicht ins Schwimmbad laufen wollte. Vorher musste er aber noch etwas essen.

Ruben empfing ihn schlafend in der Küche. Sei Korpus lag auf dem Fensterbrett, alle Extremitäten inklusive Kopf hingen hinab. Es war physikalisch ein Wunder, dass er bei der Gewichtsverteilung nicht runter fiel. Ebenso verwunderlich war es für Malte, wie diese Position so gemütlich für den Kater sein konnte, dass er Schlaf fand.

Auf der Küchenablage fand er eine Papiertüte mit Backwerk darin. Nach einem gewöhnlichen Brot wirkte es allerdings nur im ersten Moment. Das weiche Innenleben war weniger weiß, eher ockerfarben, die Bläschen im Brot waren größer, der Rand dicker und allgemein wirkte es fester als ein handelsübliches Toast. Er nahm sich zwei Scheiben, ließ sie im Toaster verschwinden und suchte in der Zeit des Röstens, nach einem passenden Belag. Wieder fand er jede Menge Dosen im Kühlschrank. Wieder konnte er nicht lesen was darauf stand, dieses Mal eher, weil die Handschrift mit der Tante Ricarda eine Inhaltsangabe gemacht hatte, für Malte unleserlich war. In einer kleinen durchsichtigen Plastikbox lag ein Objekt dessen Form, ihm bekannt vorkam, nicht allerdings dessen Farbe. Er öffnete die Box und wollte sie eigentlich direkt wieder weg stellen, als er erkannte, dass es sich um eine Knoblauchzehe handelte. Vor allem als er die Farbe wahrnahm. Die sonst so weiße Schale war bräunlich. Aber nicht durchgefärbt, sondern eher angelaufen. Einige Zehen waren nicht an der Knolle, lagen einzeln und Malte konnte sehen, dass das Innere pechschwarz war. Er war schon dabei die Dose wieder zu schließen, denn der Inhalt wirkte eher wie abgestorbene Fußteile in einer Pathologie. Doch in dem Moment zog ihm der Duft der Zehen in die

Nase. Es war eine sehr intensive Note von Süße und Würze. Malte nahm noch einen tiefen Zug durch die Nase und war getrieben das unbedingt probieren zu müssen. Es war, als hätte er Pheromone gerochen, die sich nicht auf Lust, sondern Appetit ausübten. Mit dem Finger nahm er die Zehen in die Hand. Sie waren ganz weich und er musste Vorsicht walten lassen, um sie nicht zu zerdrücken. Das Toast schwang kraftvoll nach oben, Malte nahm sich eine Gabel, zerdrückte den Knoblauch auf dem krossen, noch warmen Brot und aß im Stehen. Schon nach dem ersten Bissen schob er direkt zwei weitere Scheiben in den Toaster. Was in seiner Nase schon für Aufregung gesorgt hatte, wurde auf seiner Zunge noch übertroffen. Und er hatte das Gefühl, dass durch die Wärme des Brotes, die Geschmäcker noch einmal multipliziert wurden. Das war wirklich das aufregendste was Malte je gegessen hatte. Und das wo er doch erst vor ein paar Tagen die Messlatte durch den Käsereis auf eine neue, sehr hohe Stufe gelegt hatte.

Mit einem wohligen Gefühl im Magen nahm er sich sein Fahrrad vor. Im Keller des Wohnhauses gab es einen alten Waschraum. Da dieser von niemandem mehr als das genutzt wurde, wofür er gebaut worden war, wurde er kollektiv als Abstellfläche für Fahrräder genutzt. Es waren keine festen Plätze zugewiesen. Jeder stellte sein Rad ab wo Platz war, sie lehnten aneinander. Eine natürliche Selektion gab es dennoch anhand der Zustände der einzelnen Exemplare. Vorn standen die, die regelmäßig in Benutzung waren, hinten und direkt an der Wand die, die den Keller scheinbar seit Jahren nicht verlassen hatten. In einer Ecke stand ein Schrank auf dem unsortiert Werkzeuge rumlagen. Jedes Teil von einem anderen Typ oder einem anderen Hersteller und nur in vereinzelten Größen vorhanden. Es machte nicht den Eindruck, als hätte das Werkzeug jemand angeschafft, sondern als wäre es hier und da mal übrig geblieben.

Malte stürzte seinen Drahtesel fachgerecht, so dass er auf Lenker und Sattel stand. Das hatte er mal irgendwo aufgeschnappt, hatte aber keine Ahnung was er tat oder was es zu tun gab. Er versuchte das Problem logisch anzugehen. Die Fahrt auf dem Asphalt wurde nachgestellt, um den akustischen Signalen einfach auf den Grund zu gehen. Ein kurzer Dreh an der Kurbel ließ das erste Problem schnell deutlich werden. Die Abdeckung, die eigentlich Hosen davor schützen sollte, in die Kette zu geraten, war nicht an Ort und Stelle und schliff. Er versuchte das Teil wieder in Position zu biegen. Das war mit etwas Druck problemlos gut gegangen und hielt auch nach kurzer Prüfung. Malte fühlte sich großartig. Sein Ego wuchst, seine Brust schwoll an und nun hatte er das Gefühl, ein vollwertiger Mechaniker zu sein. Nichts konnte sich ihm in den Weg stellen. So schnell hatte er das Problem behoben, was ihn die letzten Tage genervt hatte und dafür brauchte es nicht einmal Werkzeug. Hochmotiviert machte er sich an den Bremsen zu schaffen. Auch hier war etwas deplatziert. Irgendwie traf bei Betätigung nicht der Bremsbelag mit Gummi auf die Felge, sondern die Fassung aus Metall. Das war der Grund weshalb die Bremswirkung beeinträchtigt war und auch das Geräusch wurde dadurch zu erklärt. Was bei dem Kettenschutz noch half, funktionierte in diesem Fall leider nicht. Allerdings war eine Schraube so prominent direkt an der Bremse angebracht, als würde Malte jemand darauf hinweisen wollen, dass sie der Punkt sei, wo es anzusetzen galt. Er kramte ein passendes Werkzeug heraus, lief allerdings noch zwei drei Male hin und her, bis auch wirklich die richtige Größe gefunden war, mit dem er das Problem beheben konnte. Dann löste er die Schraube etwas, brachte die Bremse in die korrekte Position, zog sie wieder fest und testete auf Funktionalität. Er war hell auf begeistert, dass er das ganz alleine und durch bloße Logik bewerkstelligt hatte.

Kapitel 8

Voller Stolz fuhr Malte am Morgen los, denn seine Nachbarn konnten weiterhin schlafen und wurden nicht durch das Scheppern seiner Kette geweckt. Bei der ersten Möglichkeit ging er mit Schmackes in die Eisen, aus Freude, dass dies wieder möglich war. Seine geschwollene Brust fiel abrupt ein, als er realisierte, dass er den Lenker im Zuge seiner Reparatur vergessen hatte. Mit den defekten Bremsen, wurde nicht so sehr deutlich, wie locker dieser wirklich war. Nun fuhr er, verkrampft am ganzen Körper, da sich durch die Instabilität im Vorbau das gesamte Rad instabil anfühlte. Auch dieses Problem hätte er lieber beheben sollen, dass wurde ihm nun klar.

Als Malte sein Rad vor dem Schwimmbad an den Fahrradständer schloss, war er erleichtert heil angekommen zu sein. Die Glastüren schoben sich nach links und rechts, er betrat den Eingangsbereich und spürte sofort, das irgendetwas anders war als die Tage zuvor. Der beissende Geruch von Chlor zog direkt in seine Nase und die Wand aus Hitze überrollte ihn. Alles wie immer. Malte wünschte Frau Krüger freundlich einen guten Morgen. Ihre Augen waren nach unten gerichtet. Sie sah nicht vom Computer auf und entgegnete nichts. Alles wie immer. Bei genauerer Betrachtung allerdings schon. In den vergangenen Tagen schaute Beate Krüger zwar immer missmutig auf

ihren Monitor wenn Malte sie begrüßte oder ver-
abschiedete, jedoch tat sie dies stets mit Vorsatz.
Sie nahm seine Anwesenheit zwar wahr, ignorier-
te ihn aber bewusst. An diesem Morgen, bemerkte
sie Malte gar nicht. Sie war so von ihrer schlechten
Laune eingenommen, dass sie ihre Umgebung
ausblendete. Und Malte hatte nicht den Eindruck,
Frau Krüger hätte ihre miese Stimmung mitgebracht. Sie schien im Schwimmbad entstanden zu
sein.

Auf dem Weg in den Personalraum kam ihm
ein Mann entgegen. Er war groß, schlank, hatte
keine Haare auf dem Kopf und trug eine Brille mit
dünnem schwarzen Rand. Sein weißes Shirt, die
roten Shorts und seine Schlappen ließen ihn wie
einen Mitarbeiter des Schwimmbads aussehen.
Malte hatte ihn aber bisher noch nie gesehen. Sein
flotter und selbstsicherer Schritt korrelierte mit
der überaus positiven Ausstrahlung, die er an den
Tag legte. Sein Körper wirkte allerdings zu groß
für sein Vorhaben der Fortbewegung, denn seine
Gliedmaßen schwangen mehr umher, als es üblich
war. Ihre Blicke trafen sich und der Mann stellte
sich Malte mit einem breiten Grinsen in den Weg.
Sein Zwinkern wirkte so, als müsste er es aktiv
einleiten, als würde es nicht automatisch gesteu-
ert. Malte hatte so etwas schon einmal bei jemanden beobachten können, wusste aber nicht mehr
bei wem und auch nicht, ob es mit einer Krankheit
einherging oder einfach eine persönliche Eigenart
war.

"Du musst Malte sein! Schön dich kennenzulernen", begann der Mann energisch. "Frau Krüger hat mir erzählt wie prächtig deine Einarbeitung läuft."

Malte war etwas überfordert. Wahrscheinlich war ein Gespräch mit ihm der Grund für ihre Laune. Malte konnte sich gut vorstellen, dass das Strahlen in diesem Kollegen, die Verstimmung bei Frau Krüger auslöste, wenn die relativ geringfügige Freude von Malte, schon eine solche Reaktion wie am Morgen mit sich brachte. Außerdem konnte er sich nur schwer vorstellen, dass sie positive Worte für den jungen Praktikanten fand.

"Das hat sie gesagt?", entgegnete Malte ungläubig.

"Ich bin der Andreas", überging er die Frage. "Ich bin hier der Schwimmlehrer für Schulkinder, kümmer mich um das Bad und dass alles läuft. Und ich bin hier der Bademeister".

In dem Moment wurde Malte hellhörig.

"Ich zeig dir, was es hier alles so zu tun gibt", sagte der Andreas.

Malte war sehr glücklich, dass dieser Mann nun offenbar der war, an den er sich tagein tagaus heften sollte. Bei dem Gedanken Frau Krüger täglich als Lektorin erdulden zu müssen, wurde es ihm bang. Yuri erledigte seine Aufgaben zwar schnell und gründlich, war aber dennoch keine Person zu der Malte aufblicken konnte und wollte. Andreas schon. Er schien loyal, positiv und gewillt Malte wirklich etwas beizubringen.

Zu Beginn von Maltes Praktikum waren noch Schulferien und da Andreas Kinder hat, war er die vergangenen Tage noch im Urlaub. In den kommenden Stunden wurde Malte erneut durch das gesamte Schwimmbad geführt. Andreas zeigte ihm noch einmal alles und erklärte sehr ausführlich.

Als letzte Station begannen sie die Wasserqualität im Becken zu prüfen. Dafür gingen sie mit diversen Karaffen an verschiedene Stellen um Proben zu entnehmen.

"Es ist wichtig, dass man nicht nur eine Probe nimmt, sondern verschiedene Bereiche des Beckens testet", begann Andreas seine Ausführungen. "Denn manchmal kommt es zu Diskrepanzen durch die Zirkulation des Wassers."

Sie gingen gemeinsam in einen kleinen Raum neben dem Becken. Eine große Glasscheibe stellte eine räumliche Trennung zum Schwimmbereich her, dennoch hatte man einen sehr guten Blick über das gesamte Bad. Das Zimmer hatte nur wenige Quadratmeter und war lediglich mit einem kleinen Tisch und einem ungemütlichen Stuhl ausgestattet. Keine Dekoration an den Wänden, keine persönlichen Gegenstände auf den Ablagen. Dennoch konnte Malte spüren, dass es sich um Andreas Platz handelte und er sich offenbar gerne hierhin zurückzog. Er nahm eine gewisse Wohnlichkeit war, obwohl er rein oberflächlich keine sah.

Andreas zog unter dem Tisch einen kleinen Koffer hervor. Dieser war innen mit schwarzem Schaumstoff ausgefüllt, darin waren Aussparungen für Reagenzgläser. In den Gläsern waren durchweg klare Flüssigkeiten und jedes war mit einem Aufkleber versehen, auf dem handschriftlich etwas geschrieben stand, das Malte nicht entziffern konnte. Andreas begann damit, aus unterschiedlichen Reagenzgläsern nach und nach, Tropfen für Tropfen die verschiedenen Karaffen zu beträufeln. Manchmal veränderte das Wasser durch ein Präparat seine Farbe und wurde zum Beispiel lila. Nach Zugabe eines zweiten, aus einem anderen Glas, wurde es dann wieder klar. Andreas nahm sich sehr viel Zeit und erklärte Malte geduldig was er tat, warum er es tat und was dort im Wasser vor sich ging. Malte hatte in keinem Moment das Gefühl etwas mitschreiben zu müssen. Sein Ausbilder erläuterte alles auf so interessante Art und Weise, dass es für ihn vollkommen schlüssig und er sich sicher war, dass er alles Gehörte auch behalten würde.

Kapitel 9

Beim Mittagessen erzählte Malte Yuri, wie toll er den Tag bisher fand. Wie er sich freute, dass Andreas aufgetaucht war und dass er nun erst so richtig angespornt sei.

"Aber sag mal, was ist überhaupt dein Plan? Du willst doch nicht wirklich eine Ausbildung hier anfangen, oder?", wollte Yuri wissen.

"Na ja, ich will Bademeister werden", antwortete Malte verwundert, da er nicht wusste worauf Yuris Frage abzielte.

"Ja, aber das wird ja wohl nicht deine perspektivische Planung sein, oder? Was ist denn kurz-, mittel- und langfristig bei dir angesagt?", konkretisierte der seine Frage. "Hast du dir darüber noch keine Gedanken gemacht?"

Wieder überraschte der Kollege durch eine Kombination aus starkem Akzent und anspruchsvoller Wortwahl.

"Genau genommen war das mein Plan. Bademeister werden."

Von dem Moment an begann eine hitzige Debatte, bei der hauptsächlich Yuri sprach. Er war es, der an diesem Tag sein Mittagessen kalt zu sich nahm. Schockiert musste er feststellen, dass Malte so schlecht, eher gar nicht informiert war und keinerlei Ahnung hatte, welche Möglichkeiten es in diesem Berufszweig gab. Es war an diesem Tag schon das zweite Mal, dass Malte voller Aufmerksamkeit an den Lippen von jemandem hing und dessen Informationen wissbegierig aufsog. Bisher hatte Malte das Gefühl, Yuri wäre ein verplanter Typ, der den Job nur machte, weil er ihm seine Miete zahlte und er gerade keinen anderen fand. Er erfuhr jedoch, dass er durchaus bewusst diese Branche gewählt hatte. Er kam vor vier Jahren aus Tschechien, dort hatte er in einem Schwimmbad gelernt und gearbeitet. Schwimmbäder waren in seinem Heimatland über Generationen angesehene Orte, in die viel Liebe und Geld gesteckt wurde. Sie waren keine spartanischen Badeanstalten, sondern erinnerten oft eher an einen hochwertigen Spa. Die Menschen zelebrierten ihre Besuche, es war etwas besonderes und die Angestellten, die dort arbeiteten, genossen ein gewisses Ansehen. Da die Bäder fest in der tschechischen Kultur Verankerung fanden, waren die Betriebe durch staatliche Mittel finanziert. Anders wäre das nicht möglich gewesen. Die Eintrittspreise waren sehr niedrig, dennoch konnten die Bürger sich einen Besuch nur selten leisten. Irgendwann, im Rahmen einer politischen Haushaltsdebatte, entschieden die Politiker des Landes, die Bäder abzutreten und in private Hände zu übergeben. Viele Schwimmhallen schlossen direkt, weil sie keinen neuen Eigner fanden. Wenige andere wurden von privaten Investoren übernommen und schlossen kurze Zeit später, weil sie merkten, dass ein Schwimmbad zu unterhalten sehr kostspielig war und durch die geringen Eintrittsgelder, nicht finanziert werden konnte. Die letzten Schwimmbäder, die in Tschechien noch geöffnet hatten, waren sehr günstig, aber in dürftigen Zuständen. Sie wurden nur selten besucht, denn die Bevölkerung war den Standard, den sie bis vor ein paar Jahren kannten, noch immer gewohnt und verzichteten lieber, als dass sie sich ein heruntergekommenes Schwimmbad antaten. Yuri verlor seinen Job, mochte ihn aber so gerne, dass es für ihn eher eine Option war, sein Habitat zu verlassen, als einen neuen Beruf zu erlernen.

Malte fiel in dem Moment noch einmal Yuris Linguistik auf. Er sprach zwar mit einem sehr starken Akzent, hatte aber einen durchaus erweiterten Wortschatz und seine Grammatik war stets korrekt. Und das obwohl er, wie Malte nun wusste, erst seit vier Jahren in Deutschland war.

Die Mittagspause zog sich an diesem Tag etwas, denn nachdem Yuri ausführlich über seine Lebensgeschichte referiert hatte, erzählte er Malte auch noch alles über Perspektiven und Bildungsmöglichkeiten im Bädergewerbe in Deutschland. Er klärte Malte auf, dass der Bademeister an sich keine besondere Tätigkeit sei und dass es keineswegs lohnt, einen solchen Menschen zu glorifizieren, wie Malte es tat. Um diesen Beruf am Beckenrand eines Freibads auszuüben, musste man nur mittelmäßig schwimmen können und einen Abendkurs an der Volkshochschule belegt haben. Malte war tief enttäuscht und Yuri sah es ihm ins Gesicht geschrieben. Über Jahre hinweg, hatte er sein Ziel vor Augen. Kein Tag war vergangen, ohne dass er mindestens einmal an seine Vision dachte. Die Zeit nach der Schule hatte Malte voll darauf ausgerichtet, war in ein neues Heim gezogen und sich vielen Unsicherheiten gestellt. Nun brachte Yuri seine Seifenblase mit einem Vorschlaghammer zum Platzen. Den Antrieb und die Passion jedoch, mit der Malte agierte, mochte Yuri so gerne, dass er ihm ein paar Perspektiven aufzählte, die es sich stattdessen lohnte, als Ziel zu stecken.

"Alter, in dem Bereich kannst du so viel mehr werden als nur ein piefiger Bademeister ", redete er sich langsam in Rage. "Kampfschwimmer, Küstenwache, Taucher beim SEK oder du fängst beim DLRG an der Nordsee an."

Maltes Augen wurden wieder größer und Hoffnung begann sich zu regen.

"Oder du gehst ins Ausland. In Australien oder Südafrika sind die Bademeister richtig angesehenen und anspruchsvolle Berufe. Die führen sogar Meisterschaften durch."

Malte war hin und weg und sein Feuer brannte wieder.

Kapitel 10

Malte saß in der Küche, vor ihm ein Teller voll Spaghetti, daneben Ketchup. Heute war ihm nicht nach etwas neuem. Altbewährtes war es, was sein Appetit verlangte. Er setzte die Tube an und quetschte voller Inbrunst, bis sie durch ein Pupsen signalisierte, dass er aufhören konnte. Als Malte die erste Gabel im Mund verschwinden ließ und sich der Geschmack auf der Zunge verbreitete, da fühlte er sich wohl. Genugtuung wurde wach, es tat sich das Gefühl von Vertrautheit, von bekanntem und von zu Hause in ihm auf. Der Tag war so aufregend und richtungsweisend, dass er am Abend etwas brauchte, das ihm Heimat vermittelte.

Yuri hatte ihm so viele spannende Möglichkeiten aufgezählt, dass der Held aus dem Freibad, die Ikone der er nachgeeifert war, seinen Heiligenschein verlor. Für Malte klang es im Moment vollkommen utopisch, dass er für ein Sondereinsatzkommando arbeiten würde und nicht nur einmal im Sommer das Leben einer, sondern in Aufwendigen und waghalsigen Einsätzen, das Leben vieler Personen retten könnte. Welchen Weg er nehmen wollte, dazu konnte er noch nichts sagen, dafür war aber auch noch Zeit.

Klar war, dass es für Malte in eine der spannenden Richtungen gehen und seine Laufbahn nicht nach kurzer Zeit in einem Freibad enden sollte. Es stand fest, dass er das Rettungsschwimmabzeichen in Gold machen würde. Für einen einfachen Bademeister, brauchte es nicht viel. Das war Malte zu simpel. Er wollte ein Ziel, das eine Herausforderung für ihn darstellte.

Voller Zufriedenheit saß er in der Küche und lauschte dem Brummen des Kühlschranks, während die Teigwaren von seinem Teller verschwanden. Ruben lag im Flur, von innen an die Haustür gelehnt. Es machte den Eindruck, als würde er auf die Heimkehr von Tante Ricarda warten. Malte wurde einmal aufs neue bewusst, wie selten sie eigentlich zu Hause war. Ob sie wirklich immer nur arbeitete oder auch privaten Aktivitäten nachging, konnte er nicht einschätzen. Was ihm seine Mutter über sie erzählt hatte, beschrieb sie als Person, die dem Kochen vollkommen verschrieben war, es beruflich in diesem Bereich sehr weit bringen wollte und dafür absolut alles tat und gab. Doch konnte jemand wirklich so viel arbeiten? Dafür sprach, dass sie die Zeit zu Hause nahezu ausschließlich mit schlafen verbrachte. Dennoch, Malte konnte sich nicht vorstellen, dass nicht auch sie sich mal mit einem Wesen anderen Geschlechts traf. Tante Ricarda war keine extrovertierte Schönheit die durch aufreizende Kleidung, wasserstoffblonde Haare und übertriebenes Make Up auf sich aufmerksam machte. Aber sie hatte Ausstrahlung. Es war keinesfalls so, dass sie auf Malte den Eindruck machte, sie würde auf Exemplare der Gattung Mann abstoßend wirken.

Und da, Maltes Meinung nach, jede Frau irgendwie von Männern umgarnt wurde und wohl auch einen Sexualtrieb besitzen musste, konnte er sich nicht vorstellen, dass sie diesem nicht auch mal folgte. Es klang in seinem Kopf zwar alles sehr logisch, trotzdem fischte er, was die weibliche Psyche anging, ebenso im Trüben, wie bei der weiblichen Physis. Erfahrungen am eigenen Leib hatte er bisher keine sammeln können, Beobachtungen allerdings hatte er hinlänglich angestellt.

Der Teller war leer, der Hunger gestillt. Noch einen Tag wollte er beim Bremsen keinen Nervenkitzel mehr verspüren, keine Ausschüttung von Adrenalin hervorrufen. Und so brachte er, trotz der, durch die Sättigung bedingten, Müdigkeit, seinen Lenker noch in Ordnung.

Kapitel 11

Den nächsten Arbeitstag begann Malte voller Zuversicht. Sein neues Ziel war gesteckt und er nahm sich fest vor, anzupacken und sich Andreas von seiner besten Seite zu zeigen. Der verwies ihn allerdings direkt an Yuri, denn an diesem Tag stand Fensterputz an. Malte hatte in seinem Leben noch nie auch nur ein einziges Fenster geputzt. Wie das in irgendeiner Form Freude bringen könnte, machte für ihn keinen Sinn und so sank seine Laune in der Geschwindigkeit eines Sturz-flugs. Die Masse an Arbeit, die ihm und Yuri bevor standen war überwältigend. Das Schwimm-bad bestand im Grunde komplett, abgesehen von Dach und Boden, aus Glas. Und die Wände und Decken waren nicht nur so hoch wie es notwendig war. Nein, der skandinavische Architekt, der das Schwimmbad in den Fünfzigern entwarf, wollte sich ein Denkmal setzen. Während eines Mittagessens hatte Yuri über das Gebäude, deren Entstehungsgeschichte und das Vorhaben des kreativen Kopfs dahinter gesprochen. Der wollte mit ihm die Grenzen des Machbaren ausreizen und es für den Betrachter unwirklich erscheinen lassen. Das war ihm gelungen. Vor allem hat er es geschafft, Jahrzehnte später die Grenzen des Machbaren von Yuri und Malte auszureizen.

Yuri grinste, als Malte ihm mürrisch einen guten Morgen wünschte.

"Na, biste schlecht drauf? Wegen der Fenster, ne?", fragte er verschmitzt. "Wart mal ab, es wird aufregender als du denkst."

Das Schwimmbad besaß eine Hebebühne, die war auf Rollen und komplett ferngesteuert. Man konnte damit alle Fenster abfahren und sich bis unter die Decke heben lassen. Die Menge an Scheiben wirkte auf Malte zwar im ersten Moment sehr einschüchternd, nachdem Yuri ihm die technischen Möglichkeiten des Hilfsmittels aufgeführt hatte, verkleinerte sich für ihn jedoch der Berg, den es zu erklimmen galt. Und als ihm Yuri dann noch einen Crashkurs in Sachen Fensterputzen gab, war er regelrecht motiviert zu beginnen. Sein Tutor hatte eine sehr einfache Vorgehensweise.

"Fenster nass, abziehen, trocken. So einfach ist das."

Die Waffen der beiden jungen Männer setzten sich zusammen, aus kanariengelben Plastikeimern, limettengrünen Wischtüchern und blauen Plastikwerkzeugen in Form des Buchstaben T. Die farbliche Zusammensetzung war außergewöhnlich, die Herangehensweise simpel. Malte konnte es kaum fassen. Es ging wirklich enorm schnell. Yuri flutete die Fenster, zog in einer geschmeidigen Bewegung das Wasser nach unten und wischte die Bodenleiste im Anschluss trocken. Malte brauchte nur wenige Anläufe bis es ihm genauso gut gelang wie seinem Kollegen. Die Fensterfronten waren zwar hoch, aber in kleine Bereiche unterteilt und durch Metallstreben voneinander getrennt. Beide standen sie auf der Hebebühne, einer kümmerte sich um das Abteil rechts, der andere um das links. Dadurch, dass die Hebebühne ferngesteuert war, konnten Anpassungen von oben vorgenommen werden. Um in jede Ecke und jede Höhe des Schwimmbads zu gelangen, mussten sie also nicht einmal das Gerät verlassen. Es entbrannte ein regelrechter Wettstreit zwischen den beiden, wer sein Scheibenteil zu erst sauber hatte. Yuris Ehrgeiz ging auf Malte über, der hatte richtig Freude und war voll in seine Arbeit vertieft. Bis ihn ein lautes Geräusch aus seinem Fluss riss. Es war das laute Dröhnen einer Rückkopplung auf der Hausanlage. Dieser Lärm war Malte bekannt und ihm war auch noch wohl bekannt mit welchem Ereignis dieser Ton zuletzt einher ging. Er ließ seine Werkzeuge sinken und drehte sich, um in Richtung Becken sehen zu können. Auf dem Weg dorthin konnte er im Augenwinkel vernehmen, dass auch Yuri auf die akustische Veränderung Reaktion zeigte. Jedoch drehte der sich in Richtung Malte, um zu sehen, welchen Effekt das auf ihn hatte. Malte konnte ein leicht süffisantes Lächeln in Yuri Blick erkennen, hatte aber keine Zeit näher darauf einzugehen.

Johanna betrat die Bühne, beziehungsweise den Beckenrand. Ihr Kleidungsstil war der selbe. Weites Shirt, enge kurze Hose, Sneaker. Jedoch war ihr Shirt heute in einem dunklen anthrazit und sie trug dazu leuchtend pinke Turnschuhe. Die Farbe der Hose konnte Malte zu diesem Zeitpunkt noch nicht erkennen. Beim letzten Mal wirkte es so, als hätte der Zopfgummi jede Menge

Arbeit, die Haare zu bändigen. Heute sah Malte, dass dieser Eindruck berechtigt war, denn ihre Kopfbehaarung hatte alles, was es für eine wilde Mähne brauchte. Locken, Wellen, Wirbel, dicke Haare und davon sehr viel.

Nach der letzten Begegnung hatte Malte so viel darüber nachgedacht und seine Euphorie steigerte sich ins Unermessliche, dass er sich am Ende nicht mehr sicher war, ob ihre Erscheinung wirklich so herausragend war, oder sein Verstand zur Realität noch etwas aufgeschlagen hatte.

Beim Wechsel der Wasserfilter befand er sich etwas unter ihr, auf den Knien. Am heutigen Tag befanden sie sich in der Höhe. Ob nun Höhe hin oder her, vielleicht lag es auch an den anderen Farben die sie trug. Fakt war, dass Malte noch um ein vielfaches mehr von Johanna hingerissen war, als beim letzten Mal. Sie schien noch energiegeladener. Ihre kratzige Stimme schepperte durch die Boxen. Die Heiserkeit war dieses Mal noch ausgeprägter, Malte mochte das richtig gern. Und nicht nur das. Ihre Ausstrahlung, ihre Haare, die Form ihrer Beine und deren makellose Haut. Das alles war genau nach Maltes Geschmack. Nicht, dass er sich bisher darüber Gedanken gemacht hatte. Aber wenn er sie sah, wenn er sie hörte, dann empfand er pure Freude. Allein ihr Anblick löste in ihm ein Wohlsein aus, dass er sich gar nicht auszumalen vermochte, wie es in ihrer Nähe sein würde. Sie standen mit der Bühne etwas hinter ihr. Zuletzt sah er Johanna von vorn und nur die Hinterköpfe der Rentner. Sie bewegten sich träge durchs Wasser, als würden sie stoisch ihr Programm abspielen. Heute konnte er in ihre Gesichter sehen und erkennen, dass sich ihre Körper zwar zäh durchs Wasser schleppten, das musste aber mit dessen Widerstand zu tun haben und physikalische Gründe haben. Denn ihre Gesichter strahlten. Die Haut war rosig, ihre Münder vom intensiven Atmen aufgerissen. Ebenso aufgerissen waren ihre Augen. Starr auf Johanna gerichtet, wollten sie keine Anweisung verpassen. Sie machten mit all ihrer, durch das hohe Alter bedingt eher geringen, Kraft mit.

Malte kam langsam wieder zu sich und bemerkte, dass er das Putzen nun schon länger pausiert hatte. Bei dem Tempo mit dem sie bis zur Unterbrechung geputzt hatten, musste Yuri mit seinem Teil schon fertig und Maltes Ablenkung aufgefallen sein. Er sah zu ihm. Auch Yuri hatte seine Arbeit niedergelegt und sah der Gruppe im Becken zu.

"Na, sollen wir mal ne Pause machen?", fragte er rhetorisch, mit einem breiten Grinsen und fuhr in dem Moment schon die Hebebühne nach unten. "Das Wasser in den Putzeimern muss sowieso mal ausgetauscht werden. Ich mach das schon mal und du wartest hier auf mich.", teilte er Malte mit einer gewissen Ironie mit.

Der nahm auf dem Boden der Hebebühne Platz, ließ die Beine nach unten baumeln und beobachtete Johanna. Warum löste sie solch starke Emotionen in ihm aus? Malte wurde so heiß, dass er zu schwitzten begann. Sein Herz pochte so schnell und so stark, dass er es auch ohne Stethoskop deutlich hören konnte. Sein sonst so besonnener Verstand raste sternförmig in unterschiedliche Richtungen. Es war nicht so, dass er nicht schon auf Lebewesen des weiblichen Geschlechts getroffen war, die Lust in ihm auslösten. Po, Brüste und Beine in der richtigen Größe und Form waren ihm durchaus wohlgesonnen. Aber in dem Maße wie es bei Johanna auftrat und auf so vielen verschiedenen Ebenen, hatte ihn eine Frau noch nie um den Verstand gebracht. Er war so überfordert mit der Situation, dass er wie gelähmt da stand, nicht in der Lage sein Starren in den Griff zu bekommen. Zu seinem Glück waren Johanna und die Senioren in ihre Aktivitäten vertieft und nahmen seine Blicke nicht wahr.

Yuri kam mit frisch gefüllten Eimern wieder, stellte sich wortlos neben die heruntergefahrene Hebebühne und den darauf sitzenden Malte. Sie sahen sich gemeinsam den Rest des Kurses an. Johanna bedankte sich erneut bei den fitten Alten für ihren Einsatz und verwies auf die nächste Woche. Die Senioren verließen zufrieden das Becken und Johanna packte langsam ihre Tasche. Während des Kurses strahlte sie eine beachtliche Energie aus. Doch mit dessen Ende veränderten sich Ausstrahlung und Körpersprache grundlegend. Sie wurde langsamer und ihr Körper wirkte weniger angespannt. Den Rucksack über der Schulter, ging sie, auf dem Weg in die Umkleiden, an den beiden Jungs vorüber. Ihr Gang und Gesichtsausdruck wirkten gelassen, so anders als zuvor. Malte fand es spannend, einen neuen Aspekt an ihr zu beobachten, den er wieder genauso attraktiv fand, wie alle anderen zuvor. Johanna band sich im Gehen die Haare zu einem Zopf, dabei tat sie die Hände über ihren Kopf und das Shirt rutschte so hoch, dass Malte ihre kurze hautenge Hose aus der Nähe sah. Oberschenkel und Po waren schlank und straff und dennoch wohl geformt. Ebenso wohl geformt war auch der vordere Bereich ihrer Hüfte. Die Hose war von so dünnem Stoff, dass Malte durch genaues Hinsehen hätte erkennen können, was sich darunter befand. Er war so gespannt mehr Informationen wahrzunehmen und sein Interesse stieg derart an, dass er seinen Blick abwenden musste. Zu groß war die Scham. Er wollte nicht unhöflich, aufdringlich oder gar übergriffig sein und sich auf unflätige Art und Weise an diesem tollen Wesen ergötzen. Außerdem kam sie ihm immer näher und damit stieg die Gefahr, dass sein Gaffen auffiel.

Im Vorbeigehen sah sie Yuri an.

"Hi Yuri", klang es kurz und leise.

Ihre Heiserkeit war gewichen. Ihr Gruß war neutral aber vertraut. Nachdem Yuri mit einem kurzem "Hi" erwiderte, sah sie Malte an. Direkt in dessen Augen. Es folgte ein ebengleiches "Hi", wie kurz zuvor es Yuri schon erfahren hatte. Nur konnte Malte ein Zucken in ihrem rechten Mundwinkel erkennen. Sie grinste ihn an. Malte konnte es kaum fassen. Er merkte wie seine Wangen glühten und er vor lauter Nervosität unkoordinierte Bewegungen der Arme ausführte und mit dem Po hin und her rutschte. Sie hätte schon blind sein müssen, um nicht zu bemerken, dass ihre Gegenwart, ihr Anblick und auch ihr Lächeln, Malte in höchstem Maße in Verlegenheit brachten.

Er sah ihr nach, wie sie in die Umkleiden abbog. So sehr er sich über die Begegnung freute, so glücklich war er auch, dass sie nun weg war und sein Organismus die Möglichkeit bekam runterfahren und sich wieder zu beruhigen.

Kapitel 12

Normalerweise konnte Malte immer etwas früher gehen. Immerhin war er Praktikant und jeden Morgen als einer der Ersten im Schwimmbad. An diesem Tag wollte Yuri am Nachmittag gerne mit seinen Freunden auf ein Konzert, irgendwo etwas weiter entfernt. Er teilte Malte auch den Namen der Band mit, dem war aber nicht nur der Name unbekannt, er erkannte nicht einmal die Sprache in der er zu verstehen war, geschweige denn, wie man ihn hätte schreiben sollen. Den Musikgeschmack seines Kollegen kannte er und gerade deshalb, konnte er sich, trotz der Begeisterung mit der Yuri von der Band sprach, eine Recherche schenken.

Da Malte bisher noch nicht die Gelegenheit bekommen hatte, ihm beim Schlussdienst über die Schulter zu sehen, schrieb Yuri eine detaillierte Liste. Die Schrift zu entziffern stellte sich allerdings als echte Schwierigkeit heraus. Yuri schrieb ungefähr so gebrochen wie er sprach.

Nach und nach arbeitete Malte die Punkte ab und merkte oft erst beim handeln, wie Yuri es auf dem Papier gemeint hatte.

Bis auf Malte, war das Schwimmbad nun menschenleer. Draußen war es schon dunkel, innen brannte noch Licht. Man konnte hinein, nicht aber hinaus sehen. Malte saß im Glashaus und hatte das Gefühl beobachtet zu werden. Die Stille war deutlich und nur hier und da rauschte ein Lüfter oder gluckerte ein Abfluss. Ihm war wirklich unheimlich zu Mute. Malte sah zu, dass er die Punkte rasch abarbeitete, denn das Gefühl beobachtet zu werden nahm noch zu.

Als letzten Punkt auf der Liste galt es, die Umkleidekabinen auf liegengebliebene Gegenstände zu prüfen und diese, im Falle eines Falles, in die Fundsachenkiste zu packen. Malte ging zügig die Damenumkleiden durch, sah über die Bänke und klappte im Vorbeigehen alle Türen einmal auf, um in die Spinde sehen zu können. Er konnte sich nicht vorstellen, dass jemand etwas liegen ließ. Und er wurde in seiner Vermutung bis dato auch bestätigt. Der erste Raum war geprüft, Malte konnte die Tür mit der Aufschrift "Personal" bereits sehen und musste nur noch einmal kurz links abbiegen, um auch die Herrenumkleiden zu überfliegen. Das tat er auch. In der letzten Reihe hatte er die Technik des Spinde-im-Laufen-aufklappen-ohne-Geschwindigkeit-zu-verlieren perfektioniert. Klappen, Blick, Klappen, Blick, Klappen, Stopp. Er drehte wieder um. Eine Tür ging nicht so leicht auf. Sie schien zu klemmen. Malte rüttelte ein paar mal an ihr. Dann sah er sich den Spind genauer an. "226" stand dort geschrieben und unter der Nummer leuchtete ein roter Punkt. Malte sah sich die Spinde 225 und 227 an. Beide waren geöffnet und dort wo das Lämpchen nebenan rot brannte, waren diese beiden grün. Sein Blick überflog noch einmal den gesamten Raum. Alle geöffneten

Spinde leuchteten grün. Malte wurde erschreckend bewusst was das bedeutete. Es musste sich noch jemand im Schwimmbad befinden.

Er erstarrte für einen Moment. Bis vor einer Minute hatte er sich gefreut dem Feierabend nahe zu sein und dieses unangenehme Gefühl, sich allein im großen Schwimmbad zu befinden, endlich ablegen zu können. Nun wusste er, sein Feierabend musste noch warten und er sich auf die Suche machen. Was wenn sich irgendwo jemand versteckt hielt, bewusst wartete bis das Schwimmbad schloss und böse Absichten hegte? Und was wäre, wenn keine böse Absicht dahinter steckte, sondern es sich um einen Notfall handelte? Ganz egal welche Option in Frage kam, der Gedanke, dass er nun noch einmal durch das Schwimmbad ziehen musste und irgendwo jemanden entdecken würde, ob nun in einem Hinterhalt oder in der Not, bereitete Malte sehr großes Unbehagen. Das Licht im Gebäude war schon komplett heruntergefahren. Nur die untere Etage, wo die Umkleiden lagen, war nicht an das Hauslicht angeschlossen, sondern mit Tastschaltern in den einzelnen Räumen zu bedienen und somit noch beleuchtet. Den Zentralcomputer für das Licht im Erdgeschoss wieder hochzufahren, wäre ein Riesenaufwand gewesen. Hätte jemand bösartiges auf der Lauer gelegen, wäre das außerdem der Hinweis für ihn gewesen und es wäre aufgefallen, dass noch jemand vom Personal vor Ort war. So entschied sich Malte dazu das Licht auszugeschaltet zu lassen und seinen Überraschungsmoment zu nutzen. Licht an oder aus, Überraschungsmoment hin oder her, er war maximal eingeschüchtert.

Im Personalraum stattete er sich mit einer Taschenlampe aus. Ebenso brauchte er eine Waffe, sollte es zu einem tätlichen Übergriff kommen. Er sah sich in dem Raum um. Da es keinerlei Schlagwerkzeug oder dergleichen gab, er befand sich immerhin in einem Schwimmbad, musste er kreativ werden. Ein Messer machte für Malte keinen Sinn. Es wäre dann auf einen Nahkampf angekommen und in dem Fall wäre er, ganz egal gegen wen, chancenlos gewesen. Sein Kampfgerät musste also den Anforderungen Länge und auch Leichtigkeit gerecht werden, denn Malte war im Kampf nicht nur technisch schwach, sondern auch physisch. In einem Schrank mit Utensilien für die Reinigung des Beckens wurde er fündig. Ein fester Holzstiel, circa einen Meter fünfzig lang, mit einem spitzen Metallhaken an dessen Ende. Wahrscheinlich um irgendetwas irgendwo raus zu ziehen. Ganz egal wofür dieses Werkzeug eigentlich zum Einsatz kommen sollte, nun musste es als Schlagstock dienen. Malte war Streitereien und Schlägereien in seinem Leben bisher erfolgreich aus dem Weg gegangen. Körperliche Konfrontation war also noch eine Situation mit der er keinerlei Erfahrung hatte.

Angst übernahm die Herrschaft in seinem Geist. Klar, hätte er einfach gehen können. Schnell nach draußen, die Tür verriegeln und hoffen, dass sich alles in Wohlgefallen auflöste. Malte nahm seinen Job aber sehr ernst und fühlte sich verantwortlich.

Mit der Taschenlampe in der Linken und dem Knüppel in der Rechten, verließ er langsam den Personalraum. Er war ein großer Fan von Fernsehserien in denen es um Polizisten, Kommissare oder Ermittler ging. Als Kind und späterer Jugendlicher hatte er zu Hause, wenn seine Mutter nicht da war und er sich in der Sicherheit der Einsamkeit wog, was er im Fernsehen sah, oft genug nachgespielt, als dass Anpirschen und Absichern in Fleisch und Blut übergegangen waren. Mit gespitzten Ohren versuchte er, möglichst keinen Laut von sich zu geben. Wenn er irgendwo jemanden finden sollte, dann wollte er ihn zu erst hören und ihm nicht plötzlich ins Gesicht leuchten.

Als er die Stufen zum Becken nach oben schritt, sich das Hauslicht im Untergeschoss langsam verflüchtigte und der Kegel seiner Taschenlampe langsam das einzige Leuchtmittel wurde, stieg seine Anspannung noch weiter. Sein Herzschlag wurde lauter und fester. Systematisch und mit Bedacht ging er die obere Etage ab. Leuchtete hinter den Empfangstresen, in alle Ecken und untersuchte sogar die Räume, die nur mit einem Schlüssel zu betreten waren. Nirgends war irgendetwas untypisch.

Zuletzt kam ihm die Vorstellung, jemand könne tot im Becken treiben. Die Tatsache, dass er schon alles abgesucht hatte und dies die letzte Option war, jemanden zu finden, ließ ihn stocken, bevor er den Schein über das Becken gleiten ließ.

Nirgendwo war jemand zu entdecken oder Spuren zu finden, die darauf schlossen, dass sich kurz zuvor jemand dort aufgehalten hätte. Malte war erleichtert und in selbem Maße verwirrt. Für einen Moment stand er im Eingangsbereich, sein Blick fiel ins Leere. Es fühlte sich nicht richtig an, jetzt zu gehen. Durch den Schlussdienst wurde ihm die Verantwortung für das Schwimmbad übertragen. Yuri tat dies nicht allein aus dem Grund, dass er unbedingt auf das Konzert wollte. Er tat es auch, da er Malte diese Bürde zutraute und darauf war er stolz. Dem Rätsel nun den Rücken zu kehren, ohne es gelöst zu haben, fühlte sich für ihn nicht richtig an. Jedoch fand er nach reichlicher Überlegung, keine Alternative die sich besser anfühlte und so entschied Malte, dass nicht richtig, nicht unbedingt falsch heißen musste. Er ging wieder in den Keller, legte seine Utensilien an Ort und Stelle zurück und fuhr Heim. So intensiv und unheimlich die letzten Minuten auch waren. So sehr er darüber nachdenken wollte, was der Grund für den verschlossenen Spind sein konnte. Auf dem Fahrrad hatte er nur eines im Sinn. Johanna.

Kapitel 13

"Was willst du eigentlich nach deinem Praktikum machen?", fragte Andreas Malte eines Morgens aus heiterem Himmel. Beide waren gerade dabei ein Stahlseil aufzuwickeln. In regelmäßigen Abständen waren daran rote und weiße Plastikkugeln angebracht. Diese waren hohl, schwammen auf dem Wasser und teilten die Bahnen des Schwimmbads. Für Kurse, bei denen mehr Platz benötigt wurde, mussten die Seile entfernt werden. Jeder war mit seinen Augen bei seinen Händen und dem was sie taten, nur die Ohren waren bei dem jeweils anderen.

"Bademeister werden", begann Malte seine Antwort.

Wie sonst auch, wenn jemand fragte, nur dass dem bisher keine Definition folgte.

"Erst mal, aber eigentlich will ich das Rettungsschwimmabzeichen in gold machen und mich dann spezialisieren. Kampftaucher oder Ausland oder irgendsowas."

Er versuchte es beiläufig wirken zu lassen, ein bisschen stolz war er aber schon, dass er nun eine so souveräne Antwort geben konnte. Diese Frage hatte er sich in den letzten Tagen selbst so oft gestellt und die Antwort zuletzt so oft durchgesponnen, dass es ausgesprochen nur ein weiteres von vielen Malen des Formulierens war. Ihm gegenüber entstand ein Schweigen, das Malte dazu bewog Andreas in diesem Moment das erste mal anzuschauen. Sein Ausbilder war offenbar tief beeindruckt von der Zielsetzung seines Zöglings.

"Okay, dann musst du ja ein wirklich guter Schwimmer sein", begann Andreas herauszufinden, ob es sein Gegenüber wirklich ernst meinte.

"Na ja, ich bin schon lange nicht mehr geschwommen, aber das krieg ich schon hin."

"Mittelmäßig schwimmen reicht da aber nicht aus."

Andreas richtete sich auf, denn nun folgte eine längere Ausführung.

"Da musst du im Wasser schon eher Leistungssport betreiben. Was hältst du davon, wenn wir dich beim Ackermann in einen Kurs eintragen? Der trainiert hier eigentlich den Schwimmverein. Ich kann mich für dich einsetzen, dann kannst du sicher mitmachen", schlug Andreas vor.

Malte spitzte die Ohren und richtete sich auf. Echtes Schwimmtraining, in einem richtigen Verein, damit hatte er nicht gerechnet.

Vorerst musste er darauf aber noch warten, denn es begann der Unterricht der dritten Klasse der städtischen Grundschule. Viele Kinder konnten schon schwimmen, einige hatten sogar das Seepferdchen. Andreas war dafür da, die Schwimmfähigkeiten eines jeden Schülers noch zu verbessern. Die, die das Seepferdchen noch nicht hatten, sollten es im Rahmen des Sportunterrichts erlernen. Für die Fortgeschrittenen, gab es die Möglichkeit, den Lernblock mit dem Schwimmabzeichen in Bronze zu beenden.

Die Art und Weise, wie Andreas mit den Schülern umging, überwältigte Malte. Der Mann schaffte es, dass die Mädchen und Jungs, ihre Scheu vor dem großen Becken, der Tiefe oder auch nur dem Wasser allgemein, verloren. Das gelang ihm, indem er ihnen keinen Druck machte, sondern gezielt ermutigte und Übungen einstreute, durch die sie spielerisch ihre Hürden überwinden konnten. Die selben Anforderungen für alle Kinder gab es nicht, stattdessen waren die Übungen für jeden Schüler gleichermaßen durchführbar, nur dass sie jeder auf seinem eigenen Niveau umsetzen konnte. Es entstand kein Wettkampfehrgeiz oder, dass der eine den anderen überbieten wollte. Andreas schaffte es, dass jedes Kind mit seiner individuellen Leistung zufrieden war und sich nicht mit dem Kind nebenan verglich. Malte war sich sicher, sollte er einmal in die Situation kommen zu unterrichten, es genau so machen zu wollen.

Als die Stunde zu Ende war und sie gemeinsam die Brettchen und Schwimmnudeln zusammensammelten, wurde Malte noch einmal über seine Fähigkeiten ausgefragt.

"Was schwimmst du denn Kraul beim vierhundert Meter Test?"

Malte verstand nicht so recht was er meinte.

"Genau genommen habe ich nach dem Seepferdchen aufgehört. Ich habs nicht geschafft den Ring vom Boden hochzuholen. Das hat da an dem Tag irgendwie nicht so richtig funktioniert", gab er kleinlaut zu.

"Du machst morgen früh einfach mal bei einer Stunde mit und dann werden wir schon sehen in welchen Leistungsbereich dich Ackermann einstuft", entgegnete Andreas.

Malte war gespannt was ihn wohl erwarten möge, aber auch angespannt, weil er insgeheim wusste, dass er seine Leistungen, wenn auch nur durch das Aussparen von Informationen, sehr großzügig garnierte.

Bevor Andreas im Untergeschoss verschwinden konnte, wandte sich Malte noch einmal an ihn.

"Ach Andreas?", begann er.

"Ja, Malte?", erwiderte dieser und drehte sich noch einmal in seine Richtung.

"Sag mal, weisst du warum der Spind mit der Nummer 226 dauerhaft verschlossen ist? Ich hab das die Tage mal beobachtet und der ist immer zu", fragte Malte gespannt, ob sein Gegenüber vielleicht in Kenntnis stand.

"Mmh, keine Ahnung. Musst du mal Beate fragen", gab der kurz angebunden zurück und drehte ihm auch schon den Rücken zu. Auf ein Gespräch mit Frau Krüger hatte Malte nun wirklich gar keine Lust. Es musste doch auch einen anderen Weg geben, das Rätsel zu lösen.

Kapitel 14

Malte saß wieder in der Küche, Ruben schlief ausnahmsweise mal nicht. Der Kater saß auf der Arbeitsplatte und beobachtete seinen Mitbewohner. Es war das erste Mal, dass Malte seine Augen sehen konnte. Bisher waren sie bei allen Begegnungen immer verschlossen. Rubens Pupillen waren lang und spitz, die Iris leuchtend grün und gelb. Zusammen mit dem, ausgeprägt nach unten verlaufenden Nasenrücken, wirkte der Kater sehr bedrohlich. Wenn er schlief, war Ruben jedes Mal eingerollt, sodass Malte dessen wahre Größe gar nicht hätte ermitteln können. Nun zeigte er ihm, was für ein stattliches Exemplar von einem Raubtier er war. Still sitzend, fasste er seine Vorderpfoten zentral vor dem Oberkörper zusammen. Es machte den Eindruck, als wäre er ein wenig nach vorn gebeugt. Zwar atmete er ruhig und gelassen, dennoch war sein Blick auf die Bewegungen von Malte fixiert. Dies kombiniert mit der offensiven Körperhaltung, vermittelte den Eindruck, er könne jederzeit angreifen. So wirkte es zumindest.

Der Kühlschrank war an diesem Tag nur spärlich bestückt. Malte bekam das erste Mal ein schlechtes Gewissen und überlegte ernsthaft, auch etwas zum Vorrat beizusteuern und mal einkaufen zu gehen. Was er fand, waren ein alter Laib Brot, eine Schale mit einer hellen Masse, die wie Butter oder Streichkäse wirkte und ein Fässchen mit Salzflocken. Er legte das Brot für einen Moment in den Backofen, damit es etwas von seiner alten Frische zurückbekam. Maltes Erwartung hielt sich in Grenzen. Obwohl er bereits sehr gute Erfahrungen in Bezug auf den Inhalt von Tante Ricardas Kühlschrank gemacht hatte, Butterbrot zählte wirklich nicht zu seinen favorisierten Gerichten.

Der erste Biss war eine Überbeanspruchung seiner Geschmacksnerven. Dieses Brot war an Aroma nicht zu übertreffen. Ebenso die Butter, von der Malte sich nicht sicher war, ob es wirklich eine Butter war, denn sie war locker luftig und sehr hell, fast weiß. Geschmacklich ging sie allerdings klar in Richtung Butter. Zu guter letzt das Salz. Es waren sehr große Flocken, kein Vergleich zu den charakterlosen Körnern, die Malte gewohnt war. Tante Ricardas Salz hatte die Form von Pyramiden, die innen hohl waren. Sie waren so instabil, dass Malte sie ganz leicht zwischen Daumen und Zeigefinger über dem Butterbrot zerreiben konnte. Sein Gericht bestand nur aus drei Komponenten, die jedoch waren, jeder für sich, so prägnant, dass Malte unterbewusst die Augen schloss, um wirklich alles perzipieren zu können. Und das alles wegen eines Butterbrots.

Er vergaß sich wieder und wurde in seiner Völlerei erst gebremst, als das Brot aufgegessen war.

Satt und zufrieden ging er in den Flur, nahm sich das Telefon und wählte die Nummer seiner Mutter. Nach wenigen Freizeichen nahm sie ab.

"Mensch Malte, das ist aber schön, dass du anrufst", begrüßte sie ihn freudig.

Der begann aufgeregt zu berichten. Ihr letztes Gespräch lag soweit zurück, dass es noch gar keine Gelegenheit gab, ihr mitzuteilen, dass er ein neues Ziel gefunden hatte.

"Mama, ich weiß jetzt, dass ich doch kein Bademeister werden will."

Die Erleichterung am anderen Ende der Leitung war hör- und spürbar.

"Ich hab festgestellt, dass mir das nicht anspruchsvoll genug ist", fuhr Malte fort.

"Ach Malte, das freut mich aber", entgegnete seine Mutter noch ein Stück erleichterter.

"Mir ist klar geworden, dass ich für die Zukunft einen Job mit mehr Perspektive suche."

"Ich bin stolz auf dich. Dann war das Praktikum ja doch eine gute Entscheidung."

Sie schien mit jeden weiteren Wort das Malte sprach, noch erfreuter.

"Ja, auf jeden Fall", begann Malte "Ich werde im Sommer das Schwimmabzeichen in gold machen. Danach stehen mir alle Türen offen. Ich kann Kampftaucher werden oder Life Guard in Australien oder oder oder."

Sein Plädoyer war vorerst beendet, auf der anderen Seite blieb es still.

"Überleg mal, in Deutschland heißt es nur Rettungsschwimmer, aber im Ausland nennen sie sie Life Guards. Da wird der Job richtig als Lebensretter anerkannt."

Malte war vollkommen klar, dass seine Mutter enttäuscht war. Sie hatte andere Vorstellungen von der Zukunft ihres Sohnes. Ihm war aber ebenso klar, dass sie nie in der Lage gewesen wäre, ihm das deutlich und direkt zu sagen. Seine Mutter machte immer einen freundlichen und netten Eindruck, führte mit Familie und Freunden ausschließlich positive Gespräche. Wenn es mal ernst wurde, wich sie aus, ging nicht auf Konfrontationen ein, oder verleugnete Tatsachen. Das war nicht erst seit gestern so. Malte beobachtete das schon länger. Und er war es leid. Er überging sie, brachte sie vorsätzlich in Situationen, die ihr unangenehm waren, provozierte und versuchte sie aus der Reserve zu locken. Anfangs in der Hoffnung etwas an ihr und in ihr zu ändern. Diese Hoffnung stellte sich allerdings nach unzähligen Enttäuschungen ein. Seine Mutter wirkte nach außen wie eine Frohnatur. Im Inneren gab es indes tief sitzende Kompromisse, für die sie offenbar nie bereit, sie aber aus purer Angst vor der Realität irgendwann mal eingegangen war. Und anstatt sich damit abzufinden und ihre Situation zu akzeptieren, wurmten diese Themen sie stets und ständig.

Malte war es egal. Er erzählte weiter und merkte wie die Aufmerksamkeit ihm gegenüber, mit jedem seiner Worte mehr verschwand, bis er nur noch zu sich selbst sprach. Er tat es trotzdem. Er sprach weiter. Es war fast so, als würde er in ihrer Abneigung eine Art Antrieb finden. Nicht aus Trotz, denn er wollte sie ja nicht überzeugen. Vielleicht war es die Tatsache, dass sie es ihm nicht zutraute, die ihn dazu motivierte es doch zu tun.

Malte merkte recht schnell, dass seine Mutter dem Telefonat nicht folgte und sich parallel mit etwas anderem beschäftigte. Eine Zeitung oder der Fernseher, wobei er im Hintergrund keine Töne vernehmen konnte. Schließlich schloss er seinen Monolog. Als Maltes Mutter merkte, dass er am Ende angekommen war, wurde sie wieder laut und fröhlich, denn sie wollte das Gespräch in jedem Fall positiv abrunden. Als sie sich verabschiedet hatten, legte Malte entschlossen den Hörer auf. Morgen würde er mit dem Training beginnen, seine Technik verbessern und dann stand seiner steilen Karriere nichts mehr im Weg.

Kapitel 15

Malte hatte verschlafen. Das war noch nie passiert. Seine Arbeit im Schwimmbad begann zwar immer schon recht früh und das fiel ihm in der Vergangenheit auch schon sehr schwer. Das Vereinstraining hingegen begann immer noch vor dem offiziellen Betrieb. Malte war zwar spät dran, aber noch nicht zu spät. Der Wecker hatte geklingelt, er wurde auch wach, war jedoch noch nicht in der Lage das in Gänze zu realisieren und musste wieder weggenickt sein. In dem Moment, in dem ihm das klar wurde, war es schon zu spät, er sprang auf, zog sich im Affekt die Klamotten vom Vortag, die noch vor dem Bett lagen an und rannte ohne Morgenhygiene los.

Die Zeit auf dem Fahrrad verbrachte er nahezu ausschließlich stehend und gab durchgehend Vollgas. Nass geschwitzt und vollkommen außer Atem, schmiss er sein Rad in Richtung Ständer, an Abschließen war in Anbetracht der aktuellen Lage nicht zu denken. Die Tür war bereits geöffnet, damit die Schwimmer hineinkamen. Malte stürmte die Treppen nach unten und nahm die letzten Stufen mit einem Satz. Zu viele, wie ihm seine kribbelnden Fußsohlen zu verstehen gaben. Es stand viel auf dem Spiel. Bei seiner ersten Stunde wollte er doch glänzen.

Malte riss seine Tasche auf und bemerkte, dass er in der Eile am Morgen sämtliche Utensilien die man benötigt hätte, vergessen hatte. Eigentlich hatte er sich vorgenommen, am Vorabend zu packen. Dann wurde er von Müdigkeit übermannt und gab sich damit ab, dass das auch am Morgen ausreichen würde. Und als es dann so weit war, war er so spät dran, dass er nach seinem Rucksack griff, ohne zu hinterfragen ob dieser gepackt war. Maltes Maximalpuls war durch den Sprint auf seinem Rad und in die Umkleiden bereits erreicht. Durch den zusätzlichen psychischen Stress aufgrund seines fehlenden Equipments, konnte er nicht weiter steigen, obwohl das die logische Folge gewesen wäre. Er zog sich, nicht wie die anderen Schwimmer in der Herrenumkleide, sondern im Personalraum um. Seine Schicht sollte dem Training folgen, da konnte er seine Sachen gleich vor Ort lassen. Leider hatte er in seinem Spind kein Handtuch deponiert. Genau genommen war sein Spind leer. Es bestand bisher nicht die Notwendigkeit etwas persönliches dort zu hinterlegen. Malte wusste von Yuri, dass der öfter mal nach der Arbeit duschte. Das machte auch Sinn, denn die Ränder unter seinen Armen waren nach körperlichen Aufgaben durchaus ausgeprägt. Sein Spind war nicht verschlossen. Das war auch nicht nötig, denn das Chaos im Inneren hätte jeden Dieb sofort abgeschreckt. Der Schrank bestand aus einem kleinen Fach oben und einem großen unten, an dessen Seiten haken für Kleidungsstücke angebracht waren. Der Inhalt bestand im kleinen Fach aus Krimskrams. Die Haken im großen Fach wurden von Yuri gekonnt missachtet. Auf dem Boden des Schranks lag ein T-Shirt. Offenbar wurden die Kleidungsstücke nach einem anstrengenden Tag nicht etwa konventionell gewaschen, sondern "zum Trocknen" in den Spind gelegt. Darauf lag ein Handtuch. Malte war für einen kurzen Moment glücklich, dass er fündig geworden und seine Suche von Erfolg gekrönt war. Kurz jedoch nur, denn als er das Handtuch hochhob, stellte er fest, dass auch dieses Teil nach Benutzen einfach abgelegt wurde und es noch immer feucht war. Er hatte keine andere Wahl. Die Stunde war schon in vollem Gange, er wollte nicht noch später kommen und eine andere Möglichkeit ein Handtuch zu finden, fiel ihm nicht ein. So stapfte er, nur noch halb so motiviert und bereits körperlich erschöpft, in Richtung Becken. In seiner blau weiß gestreiften Unterhose statt einer Badehose und ohne Schwimmbrille, denn auch diese beiden Accessoires hatte er vergessen.

Es war das Schwimmtraining der jüngsten Altersgruppe im Verein. Die Knirpse waren zwischen 6 und 8 Jahren alt. Kurz dachte Malte, dass es eine Unverschämtheit von Andreas war, ihn, mit seinem Kenntnisstand, zu solchen Anfängern zu schicken. Dann sah er die Halbstarken durchs Wasser pflügen. Sie waren so schnell, dass Malte das Gefühl bekam, sie würden einen Trick anwenden um den Widerstand des Wassers außer Kraft zu setzen. Denn sie waren nicht nur schnell, sondern auch mit einer Leichtigkeit unterwegs, die unwirklich schien. Als würden sie durch ein unsichtbares Seil gezogen. Die Bewegungen von Armen und Beinen standen in keinem Verhältnis zur Geschwindigkeit. Sie machten nur wenige langsame Züge und waren dennoch flott unterwegs.

Malte war durch Andreas' Empfehlung davon ausgegangen, dass Herr Ackermann einen ähnlich freundlichen Ton und verständnisvollen Trainingsstil an den Tag legen würde. Dem war nicht so. Herr Ackermann war nicht nur etwas anders gestrickt, er war das hundertprozentige Gegenteil von Andreas. Er musste sowieso schon ein Trainer mit einer forschen Zunge und rauem Umgang sein, der ein Höchstmaß an Disziplin forderte. Die Tatsache, dass Malte zu seiner ersten Stunde zu spät und, selbst für den Laien offensichtlich, ohne Equipment auftauchte, ließ ihn jedoch zornig werden. Das merkte Malte ohne den Mann zu kennen.

Als der Neuling am Beckenrand auftauchte, würdigte ihm sein neuer Trainer keines Blickes. Dennoch war klar, dass er die Ankunft vernommen hatte.

Herr Ackermann stand aufrecht, in roten Latschen, kurzer roter Hose und einem weißen T-Shirt. Körperhaltung und Kreuz wiesen darauf hin, dass er einmal selbst ausgeübt hatte, was er nun lehrte. Was jedoch sein T-Shirt in höchstem Maße strapazierte, war sein ausgeprägter Bauch und der ließ darauf schließen, dass er selbst schon länger nicht mehr im Becken war. Seine Haut war rot wie die eines Hummers, seine Nase dick und knollig, die Poren stark geweitet.

Eine schier endlose Zeit verbrachte Malte beobachtend. Ihm graute es davor ins Becken zu müssen und sich mit den jungen Schnellen messen zu müssen.

Irgendwann rief Ackermann laut und ohne ein Fünkchen Höflichkeit.

"So, jetzt macht ihr alle vier mal vierhundert mit nem Abgang von fünf." Dann sah er Malte direkt in die Augen, richtete den Finger auf ihn und schrie ihn an.

"Und du, Trödelhannes, machst mit!"

Malte stand Spalier und war entschlossen sein bestes zu geben. Das tat er auch. Leider war sein bestes, nicht einmal unterer Durchschnitt, im Vergleich zu den anderen im Becken. Nicht einmal ansatzweise passabel. Die Jungs ließen ihn vom Start weg stehen und überschwammen ihn, noch bevor die ersten fünfzig Meter vorüber waren. Das taten sie nicht etwa respektvoll und mit Abstand, jeder presste Malte mindestens einen Fuß oder einen Arm in die Rippen. Als Salz für die sowieso schon offene Wunde. Zu Maltes Glück war das der finale Satz, den die Gruppe zu schwimmen hatte.

Mit letzter Kraft, denn diese Übung alleine brachte Malte schon über sein Limit, rettete er sich aus dem Becken. Herr Ackermann sah ihn gar nicht erst an. Die Jungs wiederum führten die Schläge und Tritte verbal am Beckenrand fort.

"Digger, wie schlecht bist du denn bitte?", wollte einer der Gruppe, augenscheinlich der kleinste, von Malte wissen.

"Du hast nicht wirklich vor, das weiterzumachen, oder?", fuhr ein anderer fort.

Malte hatte weder die Worte, noch die Puste um darauf zu reagieren. Er trottete, mit hängendem Kopf und schweren Schultern, in Richtung Personalraum. Den letzten Sargnagel schlug er sich selbst, als der martialische Hunger kam und ihm klar wurde, dass er ohne Frühstück zu essen losgefahren war und sich auch nichts mehr eingepackt hatte.

Im Keller kam ihm Yuri entgegen.

"Sag mal, hast Du mein Handtuch gesehen?"

Kapitel 16

Nachdem Malte für Yuri an dem Abend, als er den verschlossenen Spind entdeckt, den Schlussdienst übernommen hatte, durfte er sich im Gegenzug einen frühen Feierabend gönnen. Doch fuhr er an diesem Tag, nicht wie sonst, direkt nach Hause. Um sich auf sein Rad schwingen zu können, war er schlichtweg zu müde. Er setzte sich vor dem Schwimmbad auf eine Bank. Die Sitzfläche war zu kalt, also tat er die Füße darauf und nahm auf der Lehne Platz.

Das frühe Aufstehen, die hektische Fahrt zur Arbeit, das anstrengende Training und das alles ohne Frühstück. Vor dem Arbeitsbeginn holte er sich noch einen Schokoriegel am Automaten der im Eingangsbereich stand. Er wählte den, der seinem Anschein nach am mächtigsten war und am sattesten machte. Das half ihm, die Zeit bis zur Mittagspause zu überstehen. Malte hatte das Gefühl, dass Yuri seine Erschöpfung erkannte und ihm deshalb nur die Beckenaufsicht überließ. So saß er auf einem Stuhl am Beckenrand und beobachtete die Schwimmer im Wasser. Gerne wäre er Yuri dafür dankbar gewesen, dass er ihn von anstrengender Arbeit fern hielt. Jedoch wäre es ihm bei einer tatkräftigen Aufgabe nicht so schwer gefallen, die Augen geöffnet zu halten. Malte fiel immer mal wieder in Sekundenschlaf und hoffte, jedes Mal wenn er wieder zu sich kam, dass es wirklich nur Sekunden und nicht Minuten waren. Zu unangenehm wäre es ihm gewesen, wenn beispielsweise Frau Krüger ihn dabei ertappt hätte, wie er bei der Arbeit schlief oder noch schlimmer, in der Zeit seiner geistigen Abwesenheit jemand in Not geriet.

Auf der Bank und müde wie er war, hatte Malte das erste Mal die Gelegenheit, sich das Schwimmbad in Ruhe und bei Tageslicht anzusehen. Bisher war es immer dunkel, denn im Winter kam er noch bevor die Sonne aufging und fuhr nach deren Untergang. Außerdem hatte er bis dato, noch nicht einmal wenn er von seiner Mittagspause kam, die Ruhe verspürt, das Gebäude ausgiebig auf sich wirken zu lassen.

Es war schon erstaunlich. Dieser Klotz aus Glas, Beton und Stahl war alles andere als schön. Das war nicht subjektiv, sondern objektiv betrachtet so. Die Pfeiler und auch die Metallteile waren trist und schnörkellos. Es machte auf Malte den Eindruck, als wäre das Bauwerk kurz nach dem Krieg entstanden, als hätte es zu der Zeit, nicht viel gegeben, mit dem man hätte bauen können. Trotz der einfachen Materialien, waren es die Formen, durch die das Gebäude Aufmerksamkeit auf sich zog. Alles war groß und wuchtig und in diesem Moment fiel Malte auf, was es war, was sein Interesse geweckt hatte. Die Größenverhältnisse wirkten organisch, an einigen Stellen jedoch, waren Teile so klobig, dass es schien, sie würden das Gleichgewicht stören. Das wirkte natürlich nur so, denn immerhin stand das Haus ja schon seit vielen Jahren. Aber es zog den Blick auf sich und unterbewusst fragte man sich als Betrachter, was daran nicht stimmte.

Im Augenwinkel merkte Malte, wie sich jemand neben ihm auf die Rückenlehne der Bank setzte. Er drehte seinen Kopf und dachte für einen Moment, seine Müdigkeit würde ihm etwas vormachen. An seiner Seite, saß Johanna. In einer engen Jeans und einem olivfarbenen Parker. Darunter trug sie einen dunklen Pulli. Ihre Haare waren zu wild, um von der Kapuze im Bann gehalten zu werden.

Malte starrte sie an. Einen kurzen Moment nur, weil er es nicht fassen konnte. Dann länger, weil er bisher noch nicht die Möglichkeit bekam, sie aus der Nähe zu betrachten. Ihre Frisur war noch ungestümer, als bisher angenommen. Die einzelnen Haare wirkten besonders dick. Die Farbe war ein dunkles blond oder helles braun, je nach Einfall des Sonnenlichts. Ihre Haut war sehr glatt und so fein, dass keine einzige Pore zu erkennen war. Und doch sah er, von der Nase startend, nach links und rechts mehr werdend, kleine Sommersprossen. Ihre Augen konnte er nun zum ersten Mal richtig erkennen. Sie hatte große Pupillen und eine stechend grüne Iris. Und sie lächelte Malte an.

"Na, schon Feierabend?"

"Ich, äh, ja. Heute schon früher", stammelte Malte ihr entgegen.

Seine unsouveräne Antwort ärgerte ihn. Die Tatsache, dass er spürte, wie seine Wangen rot anliefen, noch mehr. Sie sah ihn noch kurz an, schien seine Antwort zur Kenntnis zu nehmen und blickte dann schweigend in Richtung Schwimmbad. Malte hatte das Gefühl, dass sie vernahm, dass ihn Johannas Anwesenheit nervös werden ließ. Um das nicht schon auf dem Gerüst bemerkt zu haben, hätte sie eine Sehschwäche haben müssen. Die hatte sie augenscheinlich nicht. Selbst wenn sie es bisher noch nicht war, nun musste sie sich sicher sein. Und so nahm sich Malte fest vor, durch einen möglichst lässigen Spruch zu Punkten. Nur leider wollte ihm partout nichts einfallen. Je mehr er darüber nachdachte, desto länger wurde das peinliche Schweigen.

"Sag mal, hörst du dieses Klingeln auch?", begann Johanna.

Malte war fast ein bisschen erleichtert, dass das Gespräch nun in Gang gebracht war, wenn auch nicht durch ihn.

"Das klingt wie ein Telefon, aber so weit weg und unregelmäßig", fuhr sie fort. "Oder bild ich mir das ein?"

"Das bildest du dir nicht ein", erwiderte Malte beiläufig, denn eigentlich war er immer noch auf der Suche nach etwas schlagkräftigem. "Das ist ein Star der ein Telefon imitiert."

"Wie, der imitiert ein Telefon?", Johanna wandte ihren Blick wieder Richtung Malte. "Sowas können die?"

"Jep, das nennt man bei Staren *spotten*. Stare haben auch eigene Gesänge. Am liebsten machen sie die Gesänge anderer nach oder irgendwelche Töne die sie irgendwo aufschnappen", gab Malte ihr zu wissen.

Johanna war überrascht. Zum einen, ob des neu erworbenen Vogelwissens, zum anderen ob der Tatsache, dass Malte so etwas wusste.

"Ich hab mich mal mit Ornithologie auseinandergesetzt", gab Malte als Antwort, denn auch wenn Johanna ihre Frage nicht stellte, so stand sie dennoch im Raum.

"Das heißt, du hast dich alleine in den Wald gesetzt und Vögeln zugehört?"

"Sozusagen."

Schweigen.

"Cool."

Malte antwortete darauf nicht. Cool fand sein Interesse für Vögel bislang niemand. Erst recht niemand seiner früheren Mitschüler. Malte war es damals egal, er hatte seine Ruhe und fand es sehr spannend die scheuen Tiere, die er vorher selten bis gar nicht bemerkt hatte, zu beobachten. Er sah Johanna von der Seite an. Ihr Blick war ins Leere gerichtet. Es schien, als würde sie nachdenken. Malte war sich dessen sicher.

Es waren nicht nur ihr Aussehen, ihre Ausstrahlung und ihre Stimme, die im gefielen. Auch wenn das Gespräch bisher nur kurz und eher nichtig war, so konnte er nun mit Gewissheit sagen, dass sie ihm auch noch sehr sympathisch war. Bis dato konnte er sich der Tatsache ganz gut verwehren, doch nun war es auch ihm klar. Er war in Johanna verliebt.

"Na ja, ich muss dann mal. Mein Kurs fängt gleich an", sagte Johanna fröhlich. "Hat mich gefreut. Malte, richtig?", fragte sie, mit einem verschmitzten Grinsen in seine Richtung.

Malte war überrascht, er hatte seinen Namen nicht genannt. Wo hatte sie ihn also her? Ohne, dass er sie fragen konnte, sprang sie galant von der Bank und flitzte ins Schwimmbad. Malte sah ihr nach. Sein Blick verharrte noch eine Weile auf der Eingangstür, obwohl Johanna schon länger dahinter verschwunden war.

Kapitel 17

Malte war traurig und sauer zugleich. Und irgendwo in sich drin, verspürte er auch so etwas wie Freude. Traurig war er, weil seine erste Trainingsstunde so ein Desaster war. Wütend war er auf sich selbst, denn er allein war der Grund für sein Scheitern. Wo die Freude herkam war klar. Johanna würde er in jedem Fall wiedersehen. Darum nahm er die Freude zwar dankend wahr, blieb aber nicht daran hängen.

Er stand in der Küche. Aus dem Wohnzimmer drangen die Töne eines alten, schnulzigen Films zu ihm hinüber. Ricarda saß im Sessel, Ruben auf ihrem Schoß. Als Malte zur Tür reinkam schliefen beide. Nur das Programm im Fernseher war zu diesem Zeitpunkt ein anderes. Bis er ins Bett ging, würde sich dieses Szenario fortsetzen, die Variable wechseln und die Konstanten gleich bleiben. Nur am Morgen, wenn er das Haus verließ, würde wieder alles einsam und still sein, als hätte er am Vorabend einen Geist gesehen. Das wusste er so genau, weil er es schon so oft erleben durfte.

Maltes Trübsinn und Wut fraßen ihn nicht auf. Sie ließen das Feuer in ihm nur noch heißer brennen. Denn am kommenden Morgen sollte er direkt die Gelegenheit bekommen, alles wieder ins Reine zu bringen. Und genau das hatte er sich vorgenommen. Nicht nur die Pflicht, sondern die Kür.

Sein Rucksack mit allen Utensilien war bereits gepackt. Nun machte er sich daran sein Frühstück vorzubereiten. Von dem leckeren Brot und der Butter war glücklicherweise wieder etwas vorhanden. Ebenso fand er noch eine Art Pastete. Der Anblick schreckte ihn im ersten Moment ab, aber der Kühlschrank war nahezu leer und die Butter reichte nicht aus. Also nahm er die Pastete noch einmal genauer ins Visier, um dem Ganzen noch eine Chance zu geben. Äußerlich machte es den Eindruck Rubens Mahlzeit zu sein. Die Tatsache, dass seine Tante es in einer der durchsichtigen Dosen aufbewahrte, gab Malte die Hoffnung es könne für sein morgiges Frühstück dienlich sein. Der Geruch allerdings war noch abschreckender als das Aussehen. Der Inhalt der Dose roch alt und vergoren. Aus irgendeinem inneren Gefühl heraus, war Malte allerdings der Meinung, die Pastete war nicht etwa schlecht geworden, sondern sollte so aussehen und riechen. Und da ihm die Erfahrung bisher gezeigt hatte, dass was in Tante Ricardas Kühlschrank stand, immer außerordentlich lecker war, schnitt sich Malte ein kleines Stück Brot ab und probierte die Pastete. Die Zutaten aus denen der Aufstrich gemacht war, waren alt und sicher auch vergoren, aber das sollte so und es war großartig.

Wenn er nicht gewusst hätte, dass er die Stärkung am Morgen brauchte, hätte er den Inhalt der kompletten Dose mit sofortiger Wirkung aufgegessen.

Er verstaute die Brotbox im Rucksack, legte sich die Kleidung für den Folgetag auf den Stuhl neben seinem Bett und ging sogleich schlafen.

Kapitel 18

Der Wecker klingelte, Malte war direkt hellwach und im Vollbesitz seiner geistigen Fähigkeiten. Er sprang auf, griff sich Klamotten und Rucksack und düste ins Schwimmbad.

Auf dem Fahrrad gab er so viel Gas, dass er stark zu schwitzen begann. Seine Eile sollte sich rächen, denn als sein Körper nach seiner Ankunft wieder runterfuhr, fror er genau an den Stellen, die eben noch Schweiß durchnässte.

Sein zeitlicher Ablauf war so gut kalkuliert, dass er als erster am Schwimmbad ankommen sollte. Das Tempo was er an den Tag legte, brachte ihm nicht nur Schweiß, sondern auch jede Menge Wartezeit vor dem noch dunklen Eingang. Sogar auf Herrn Ackermann musste er warten. Malte hüpfte ein wenig auf der Stelle, denn je mehr er sich beruhigte, desto kühler wurde seine Körperkerntemperatur und die Nassen Stellen auf dem Rücken und unter den Armen begannen zu frieren.

Nach einiger Zeit sah er zwei Scheinwerfer auf den Parkplatz einbiegen. Das konnte nur sein Trainer sein. Malte wurde wieder etwas wärmer, denn nun stieg seine Spannung wieder. Die Lichter erloschen, die Autotür fiel ins Schloss und im dunklen Schein der Straßenlaternen, konnte Malte die Umrisse von Herrn Ackermann erkennen.

Er war sicher in den Sechzigern, hatte eine ordentliche Plautze, machte aber durch seine aufrechte Körperhaltung und sein trapezförmiges Kreuz durchaus den Eindruck, als wäre der Bauch noch nicht immer da und er mal ein guter Schwimmer gewesen. Auch wenn seine Statur noch nach Schwimmen aussah, so machte es nicht den Anschein, als würde er selbst noch ins Becken steigen. Seine Haut war feuerrot, wie die eines Hummers. Allerdings wirkte es nicht so, als wäre die Farbe durch Sonnenstrahlung begründet. Er hatte eine Knollnase und sehr grobporige Haut im Gesicht.

Malte war vor vielen Jahren mal in einem Kiosk auf einen Mann getroffen, der negativ auffällig wurde. Der Mann brüllte Malte lallend an, weil der sich eine Zeitschrift nur ansah und offenbar nicht kaufen wollte. Der junge Malte konnte damals weder die aggressive Haltung des Mannes nachvollziehen, noch dessen Worte verstehen, so undeutlich sprach er. Maltes Mutter beruhigte ihn später im Bus, als sie merkte, dass ihr Sohn noch immer traumatisiert schien. Sie erzählte ihm, dass es sich bei dem Mann um einen Alkoholkranken gehandelt hatte. Unter anderem zählte sie die Außergewöhnlichkeit von Haut und Nase des Mannes als Indizien für ihre Schlussfolgerung auf. Auch das gestrige Verhalten von Herrn Ackermann erinnerte Malte im Nachhinein an den Mann im Kiosk. Der Trainer gab seine Anweisungen lauter und mit mehr Aggression in der Stimme, als es Maltes Meinung nach, notwendig gewesen wäre.

Von der stolzen Körperhaltung und Aggression am Vortag, war in diesem Moment, als Herr Ackermann über den Parkplatz zum Schwimmbad schlurfte, nichts zu erkennen. Malte beobachtete ihn und fragte sich, ob der Mann wirklich so ein mürrisches Wesen hatte oder das nur seine Art zu unterrichten war.

"Guten Morgen!" rief Malte ihm freudestrahlend entgegen.

"Scheiße nochmal! Du kannst mich doch nicht so erschrecken!", brüllte ihn Herr Ackermann im Gegenzug an.

Malte stand im Dunkeln, der Trainer war offenbar komplett in Gedanken vertieft und erwartete nicht, vor ihm jemanden am Schwimmbad anzutreffen. Herr Ackermann war zwar sauer, von Malte erschrocken worden zu sein und setzte auch direkt seine stramme Körperhaltung und seinen strengen Ton an. Dennoch hatte Malte das Gefühl, dass Herr Ackermann positiv überrascht war, dass der Zögling seinen Fauxpas vom Vortag direkt wieder in Ordnung brachte.

An diesem Morgen waren wieder Kinder an der Reihe. Dieses mal die Altersklassen 10 bis 12 Jahre. Malte hatte von seiner letzten Stunde gelernt und verspürte keinerlei Enttäuschung mit Knirpsen ins Becken springen zu müssen. Die Sätze waren genauso hart, wenn nicht sogar härter als am Tag zuvor. Malte gab sein Bestes und wurde dennoch gnadenlos von den Halbstarken abgestellt. Der Ton war ebenso streng wie bei seiner letzten Stunde. Ackermann brüllte Malte an. Doch er ging mit den anderen genauso um. Die Kinder waren unmotiviert erschienen und zogen nörgelnd ihr Training durch. Wenn sie von Ackermann gemaßregelt wurden, nicht etwa sachlich, sondern durchweg persönlich beleidigend, dann sank die Laune eines jeden noch weiter. Malte war sich nicht sicher ob Ackermann sauer war, weil seine Schüler so desinteressiert waren, oder die Schüler so desinteressiert, weil Ackermann sauer.

Als die Stunde beendet war, stellte sich der Trainer vor die Tür die in Richtung Umkleiden führte. Ein jeder Schwimmer musste an ihm vorbei. Die Schultern hingen schon, sicher nicht nur wegen des anstrengenden Trainings, sondern auch wegen der frühen Uhrzeit. Es wirkte auf Malte so, als würden sie immer noch ein weiteres Stück sinken, wenn die Kinder an Ackermann vorbeiliefen und sich einen Spruch von ihm fingen. Als nächstes war Malte an der Reihe. Seine Arme konnten sich nicht noch weiter dem Boden nähern. Für ihn war das Training, im Gegensatz zu seinen Mitstreitern, noch mühevoller, denn die Jungs waren die körperliche Anstrengung gewohnt, sie taten dies mehrmals in der Woche. Für Malte war es das zweite Mal Schwimmen mit Struktur in seinem Leben und der Muskelkater des ersten Mals, steckte noch in ihm.

Er wusste, dass er mit Abstand der schlechteste Schwimmer im Becken war. Aber er hatte sich fest vorgenommen durch Motivation, Einsatz und Fleiss zu punkten und keinen Satz abzubrechen, egal wie anstrengend es auch werden sollte. Und es wurde anstrengend.

Nur noch Ackermanns Spießrutenlauf überstehen und dann wartete ein leckeres Frühstück auf ihn. Malte lief an seinem Trainer vorbei, hätte gerne weggehört, war aber daran interessiert, was der zu sagen hatte. Er wollte lernen, Feedback war ihm wichtig. Auch wenn die Dosierung nicht angemessen war, so würde er daraus bestimmt Lehren ziehen können.

Ackermann sagte nichts. Gar nichts. Für einen kurzen Moment, dachte Malte, es wäre ein Zufall gewesen. Aber der Junge nach ihm wurde wieder angemotzt. Offenbar war der Verzicht von Tadel Ackermanns Art und Weise Anerkennung zu demonstrieren und vergleichbar mit Lob bei anderen Trainern. Malte war ein bisschen stolz.

Als er mit hängenden Schultern, aber geschwellter Brust in den Personalraum ging, kam ihm Yuri entgegen.

"Ich hab dein Handtuch gefunden", gab ihm Malte bekannt, in dem Glauben der Verlust würde seinem Kollegen noch im Gedächtnis sein.

"Ach ja? Schmeiß einfach in meinen Spind", gab Yuri im desinteressiert zurück.

Er war in Gedanken. Entweder noch nicht im Schwimmbad abgekommen, oder aber schon bei der Arbeit, der er gerade auf dem Weg war nachzugehen.

"Ach Yuri?", begann Malte und ließ ihn auf der Türschwelle noch einmal halt machen.

"Sag mal, weißt du warum Spind 226 bei den Männern verriegelt ist?"

"Keine Ahnung wovon du sprichst", gab ihm Yuri als Antwort.

Malte erzählte ihm eine Kurzfassung von seinem Schlussdienst und seiner Entdeckung. Er war sich sicher, einer großen Sache auf der Spur zu sein und ging davon aus, seinen Kollegen mitreißen zu können. Jedoch musste er sich mit seiner Erzählung beeilen, denn Yuri begann sich schon in Richtung Tür zu wenden und Malte merkte, wie dessen Aufmerksamkeit mit jedem Wort schwand.

"Mmh, ich schaus mir später mal an", sprach er im Gehen und mit seinem letzten Wort knallte die Tür.

Kapitel 19

In den kommenden Tagen gab es kein Schwimmtraining von Herrn Ackermann an dem Malte hätte teilnehmen können. Statt sich zu freuen, dass ihm müde Arme und wütende Sprüche erspart blieben, nutzte er die Zeit für eigenes Training. Er nahm jeden Tag Schwimmsachen mit und zog vor oder nach seiner Arbeit noch ein paar Bahnen. Andreas hatte mitbekommen, dass Malte seinen Vorschlag, Ackermanns Training beizuwohnen, wirklich nachgekommen war. Er brachte von zu Hause ein paar Bücher mit, die aus der Zeit stammten, als er seine Abzeichen gemacht hatte. Darin waren die Schwimmstile technisch beschrieben und erklärt. Außerdem gab es jede Menge Übungen und Trainingspläne. Anhand der Fotos, vor allem aber anhand von Frisuren und Kleidung der Menschen auf den Fotos, konnte Malte erkennen, dass die Bücher aus einer Zeit stammten, zu der das Training sicher auf einer anderen wissenschaftlichen Grundlage basierte, als das heute der Fall war. Nach neustem Stand würde anders trainiert werden, da war sich Malte sicher. Aber eine andere Quelle außer dieser hatte er nicht. Eine Sache war Malte klar, ganz egal ob das Training in den Büchern gut oder schlecht war, er würde nur schneller schwimmen, indem er ins Becken stieg und schwamm. Wenn ihm für die Qualität nicht mehr Mittel zur Verfügung standen, dann wollte er zumindest du Quantität punkten. Also ging er täglich ins Wasser und probierte die Übungen aus.

Es waren zwar schon ein paar Wochen ins Land gegangen, seit Malte sein Praktikum begonnen hatte, an den niedrigen Temperaturen hatte sich bislang allerdings nichts geändert. Der einzige Grund weshalb er morgens auf dem Fahrrad nicht mehr so arg fror, war seiner Meinung nach, dass sein Körper sich etwas angepasst hatte. Oder er wusste, dass im Schwimmbad feuchte Hitze auf ihn wartete. So war es auch immer. So war es jedoch nur im Erdgeschoss, im Bereich des Beckens. Im Untergeschoss, wo sich die Umkleiden befanden, war es bitterkalt. Malte zog sich zum Schwimmen daher immer zügig um und eilte in Richtung Becken. Sein Handtuch warf er sich über die Schultern, um es vor der Brust zu verschließen und die Körperwärme einzudämmen. Das war jedoch so klein, dass es nur an den Spitzen der Ecken aufeinander traf und ein Großteil der Brust, sowie Bauch frei blieben. Er versuchte sich zu beeilen. Das war jedoch nur sehr schwer möglich, da er keine Badeschlappen besaß und der Boden zu rutschig für einen schnellen Schritt war. Auf den Fliesen lag oft eine dünne Wasserschicht. Dadurch war der Fußboden nicht nur kalt wie eine Eisfläche. Sie war so glatt, dass er nicht einmal in der Lage war, sich in normalem Schritttempo fortzubewegen. Und er war in Eile, denn es fror ihm und es wurde immer schlimmer. Auf dem Weg die Treppenstufen nach oben, begann er zu zittern und der Oberkörper zu verkrampfen, sodass es Malte schwer fiel, überhaupt zu atmen. Er versuchte sich davon nicht ablenken zu lassen und sprach im Kopf immer wieder den selben Satz vor sich her. "Gleich wird's warm, gleich wird's warm". Endlich dort angekommen, sprang er voller Tatendrang ins Becken, in der festen Überzeugung, es würde ihm umgehend Gutes tun. Dem war leider nicht so. Das Wasser war gefühlt noch kälter als die Luft im Untergeschoss. Wie das ging, konnte sich Malte nicht recht erklären, denn die Luft im Bereich des Beckens war warm. Bevor er mit dem Kopf zu erst ins Wasser sprang, holte er noch einmal tief Luft, um vor dem ersten Armzug ein ordentliches Stück zu tauchen. Durch die Kälte in seinem Brustkorb schien die Luft nicht mehr vorhanden. Malte gab sich große Mühe kraftvolle Züge durchzuführen, damit ihm rasch warm würde, doch das war schwer möglich. Er hatte das Gefühl, als wären Muskeln und Gelenke erstarrt. Diese Erfahrung machte er tagein tagaus aufs Neue, immer in der Hoffnung, durch eine Einstellung in seinem Kopf oder ein aktives mindern der Verkrampfung, das Thema in den Griff zu bekommen.

Nach einigen Bahnen stellte sich Lockerung ein und der Körper tat wieder was Malte von ihm wünschte. Als er seine Übungen für diesen Tag beendet hatte, stieg er langsam aus dem Becken, schwang sich wieder sein Handtuch über die Schultern und machte sich auf den Weg nach unten. Auf dem Weg zurück war die Kälte erstaunlicherweise kein Thema.

Vor der Kabine in der sie die Reagenzgläser getestet hatten, stand Andreas, wachte über das Becken. Seine Körperhaltung war nach vorn gebeugt, wahrscheinlich durch seine Körpergröße, die jeden Durchschnittsmenschen überragte. Als Malte auf seiner Höhe war, sprach Andreas ihn an.

"Mensch Malte, du machst wirklich Fortschritte", begann er und zwinkerte wieder sehr deutlich. "Ich hab dich die Tage beobachtet. Das nimmt ja langsam wirklich Gestalt an."

Malte war etwas verlegen, denn er selbst spürte zwar die Entwicklung und war stolz darüber. Dennoch wusste er, dass die Jungs ihn in der kommenden Woche wieder hinter sich lassen würden.

"Danke, danke. Ich hab aber noch ein bisschen was vor mir, wenn ich im Sommer Gold machen will."

"Das stimmt. Kontinuität ist der Schlüssel. Wenn du dran bleibst und nicht abreißen lässt, dann schaffst du das. Ich glaub an dich", gab ihm Andreas zu verstehen.

Er klopfte Malte im Vorbeigehen noch einmal auf die Schulter. Sein Arm war zwar sehr lang, jedoch ebenso dünn und so spürte Malte zwar die Berührung, nahm aber kein Gewicht war.

"Ach Andreas, ich hätte da noch eine Frage", begann Malte.

Andreas drehte sich noch einmal halb um und machte den Eindruck, nur mit einem Ohr zuzuhören.

"Weißt du warum der Spind mit der Nummer 226 in der Herrenumkleide dauerhaft verschlossen ist?", wollte Malte wissen.

"Keine Ahnung, musst du mal Yuri fragen", bekam er als Antwort.

Kapitel 20

Der Frühling ließ zwar noch auf sich warten, zeigte aber für einen Moment, worauf sich die Wessenburener freuen durften. Frei von Wolken war der Himmel, Luft und der Boden zwar noch eisig, die Sonnenstrahlen hatten aber schon Kraft.

Malte hatte frei und machte mit seinem Rad eine kleine Tour. ohne Ziel und frei von einem Plan. Den Radweg, den er entlang fuhr, säumten links und rechts Felder. In der Ferne sah er jemanden sein Rad schieben und als er näher kam, konnte er erkennen, dass ein platter Hinterreifen der Grund dafür war. Die Person, die das Rad schob, trug einen grauen Pulli, der viel zu groß war. Die Kapuze war aufgesetzt, aus dem unteren Saum schauten zwei dünne Beine heraus. Dadurch, dass das Kleidungsstück so weit und die Beine so mager waren, wirkte es, als würden zwei Streichhölzer herausgucken.

Malte bremste etwas ab und sprach die Person an, als er auf dessen Höhe war.

"Ich hab Flickzeug dabei, soll ich dir das reparieren?"

Er wusste in dem Moment noch nicht, wem er seine Hilfe anbot, die Bereitschaft war da, unabhängig dessen wer sie in Anspruch hätte nehmen können. Auf seine Frage hin drehte die Person den Kopf ein wenig, nicht aber weit genug, als dass man hätte sagen können, in seine Richtung. Im Profil konnte Malte das Gesicht nicht klar erkennen, weil die große Kapuze dieses verdeckte. Alsbald wurde ihm allerdings klar, dass es Johanna war, die da ihr Fahrrad schob. Ihre Antwort kam bevor sie erkannte, dass es Malte war, der sie ansprach.

"Ja danke, ich komm klar. Kannst weiterfahren", gab sie ihm genervt entgegen.

Ihr Kopf drehte sich zwar noch ein Stück in seine Richtung, wand sich aber wieder nach vorne, ohne dass sie erkennen konnte mit wem sie sprach. Sie war genervt, das zu erkennen brauchte es nicht viel. Malte war sich jedoch nicht sicher, ob diese Antipathie durch den Platten begründet war, oder durch die Tatsache, dass sie angequatscht wurde, oder einer Kombination aus beidem. Er fuhr weiter neben ihr her und beobachtete sie von der Seite in der Hoffnung, etwas von ihrem Gesicht erkennen und die Gründe ihrer Borniertheit etwas besser einschätzen zu können. Malte hatte das Gefühl, von einem fremden Typen angequatscht zu werden, war eine Situation, der sie öfter begegnete und Johanna schien sie arg zu missfallen. Als die Dauer des Schweigens wuchs und Johanna im Augenwinkel realisierte, dass der Typ immer noch nicht weg war, sah sie hinüber und erkannte Malte.

Sie war in eine Scherbe gefahren. Malte hatte nur einen Teil vom Hinterrad abgezogen, und den Schlauch freigelegt. Das war seine Spezialtechnik, so musste man den Reifen nicht ausbauen. Es setzte allerdings voraus, dass man den Schaden von außen feststellen konnte. Er war gerade dabei einen Flicken aufzukleben.

"Die haben zwar große Augen und können ihren Kopf um die komplette Achse drehen, die Augen selbst sind aber starr", erzählte Johanna Malte voller Begeisterung.

Malte hatte das Gefühl, dass es ihr leid tat, ihn so angeranzt zu haben. Dies schien ein intuitives Abwehrverhalten zu sein, das sie sich angeeignet hatte und sich durch pauschale und sofortige Abneigung zeigte. Sie entschuldigte sich nicht direkt bei Malte für ihr Verhalten. Aber die Art und Weise wie sie das Gespräch begann und mit welcher, für ihre Verhältnisse, überschwänglichen Freundlichkeit sie Malte entgegentrat, ließ ihm Glauben, sie selbst fand ihr Verhalten auch unangemessen. Nach dem letzten Gespräch wusste sie, dass Malte, wenn auch in der Vergangenheit, Interesse an Vögel hatte. Johanna hatte in der vergangenen Woche erfahren, dass Eulen ihre Augen nicht bewegen können, war total überrascht und musste sofort an Malte denken. Sie nahm sich fest vor, sich diese Information zu merken und sie ihm bei nächster Gelegenheit zu berichten. Malte wusste natürlich bereits davon, ließ Johanna allerdings in dem Glauben, es nicht zu tun. Zum einen weil ihm ihre überschwänglich positive Haltung gefiel, zum anderen weil ihm die Tatsache, dass Johanna in seiner Abwesenheit bei einem Thema an ihn dachte, sprachlos machte.

Als der Schlauch geflickt war und Malte ihn wieder aufgepumpt hatte, schoben beide ihre ihre Räder nebeneinander her. Der Reifen war zwar repariert, dennoch fühlte sich schieben für beide in dem Moment angemessener an. Malte war stolz auf sich und sein Notfallset. Als fest stand, dass er sein Praktikum antreten werde und er jeden Tag mit dem Fahrrad fahren würde, erschien ihm der Gedanke an eine Panne und die damit verbundene fehlende Mobilität beängstigend. Er ging in ein Radgeschäft, ließ sich beraten und eine Box zusammenstellen, mit der er, egal wo, sein Rad im Falle einer Panne wieder fahrtüchtig machen könnte. Die kleine Tasche hatte er stets dabei, musste sie allerdings noch nie aktivieren. Er hätte sich sicher über dessen Existenz im Fall der Not gefreut. Dass er das Flickzeug allerdings in diesem speziellen Moment dabei hatte, freute ihn umso mehr. Im Nachhinein betrachtet, wäre eine solche Vorsicht im Bezug auf warme Kleidung auch angebracht gewesen.

Für einige Momente liefen beide stumm nebeneinander her. Es war jedoch nicht so, dass Malte das klemmende Gefühl hatte, das Schweigen brechen zu müssen. Es fühlte sich für ihn auch nicht so an, als würde Johanna diesen Drang verspüren. Scheinbar genossen sie beide, die Stille. Neben den vielen Singvögeln, die den spontanen Frühlingseinbruch offenbar ebenso zelebrierten wie Malte, mischte sich auch das Klopfen eines Spechts in die Geräuschkulisse. Er unterbrach den Gesang mit gelegentlichen Klopftriaden.

"Wie kann es eigentlich sein, dass man als Mensch sofort eine Gehirnerschütterung bekommt, wenn man mit dem Kopf irgendwo gegen knallt und der einfach so den ganzen Tag rumhämmern kann?", schlug Johanna eine Schneise in das Schweigen.

Sie stellte die Frage eher rhetorisch, ohne die konkrete Erwartung einer Antwort. Malte war etwas geschmeichelt, dass Johanna bei allem was sie in den letzten Momenten mit ihren Sinnen hätte wahrnehmen können, genau das vernahm, was auch Maltes Aufmerksamkeit erregte.

"Das liegt zum einen an der Anatomie des Kopfes. Der Schnabel ist ganz speziell mit dem Kopf verbunden und deren Gehirn liegt sehr fest im Schädel", begann Malte, die Frage, auf die Johanna keine Antwort wollte, dennoch zu beantworten. Sie schaute ihn etwas verblüfft an, wusste zwar um sein Vogelwissen, offenbar aber nicht, dass es soweit führte.

"Liegt aber auch daran, dass sie verdammt dumm sind", nahm Malte die Wissenschaftlichkeit etwas heraus. "das Gehirn eines Spechts ist einfach auch sehr klein."

Er wollte von Johanna nicht als verschrobener Vogelkundler abgestempelt werden. Sie wiederum schenkte ihm ein amüsiertes Lächeln und beide gingen noch weiter stumm nebeneinander her. Irgendwann trennten sich ihre Wege. Johanna musste nach links, Malte nach rechts.

"Tschüs Malte, wir sehen uns", sagte sie zum Abschied und lächelte ihm noch einmal zu. Bisher hatte er sich gezwungen in ihr Lächeln nicht zu viel herein zu interpretieren. Doch mittlerweile war es auffällig. Könnte es etwa sein, dass auch Johanna Sympathien für Malte hegte? Er schüttelte den Gedanken schnell ab, schwang sich auf seinen Drahtesel und fuhr heim.

Kapitel 21

Zu Beginn des Praktikums hatte Malte große Schwierigkeiten zu den frühen Uhrzeiten wach zu werden, die durch die Öffnungszeiten des Schwimmbads verlangt wurden. Selbst wenn er aus dem Bett kam, so hatte er zwar das Gefühl, der Körper würde seinen Dienst tun, der Geist wollte und konnte dies allerdings noch nicht. In der Vergangenheit schlief er lang, wachte irgendwann auf, fühlte sich deplatziert, fand nicht recht in die Spur und hatte dann den ganzen kurzen Vormittag das Gefühl, etwas hinterherzulaufen, das er verpasst hatte. Das hatte nun ein Ende.

Eine neue Woche stand an und sollte mit einem Schwimmtraining vor der Arbeit starten. Maltes Wecker klingelte wieder sehr früh. Mittlerweile hatte er sich an das zeitige Aufstehen sehr gut gewöhnt. Mehr noch, er mochte es so gern, dass er es sogar am Wochenende vorzog, den Tag jung zu beginnen. Sicher mochte das aber auch damit zu tun haben, dass Malte etwas an seiner grundsätzlichen Einstellung geändert hatte. Bisher ließ er vieles einfach auf sich zukommen. In einigen Punkten behielt er das auch weiterhin bei. Was jedoch zur Optimierung seines Tagesablaufs beitragen konnte, passte er an. Zum Beispiel nahm er sich nun immer vor, dass alles was er für den Morgen vorbereiten konnte, er auch vorbereitete. Am Abend benötigte er weniger Energie um die

Tasche zu packen oder sein Frühstück zusammen-zusuchen, als das am Morgen der Fall war. Diese Beobachtung hatte er gemacht und so stand sein Körper an diesem Morgen Spalier, sein Geist ebenso, nur hätte er seinen Geist gar nicht mehr gebraucht. Die Kleidung für den Tag lag bereit, der Rucksack mit den Utensilien für den Schwimmkurs und die Arbeit war gepackt. Das Frühstück in einer Dose, portioniert und zur Ab-fahrt bereit, im Kühlschrank. Der Winter war zwar fast zu Ende, doch er hatte er sich nun endlich mit Mütze, Schal und Handschuhen eingedeckt. Das Fahrrad war in einem Zustand, wie kurze Zeit nach dem Kauf schon nicht mehr. Als Malte auf dem Rad saß, tat er einen Blick auf sich selbst und reflektierte sich selbst und seine aktuelle Situation. Er war fast ein bisschen stolz über seine neu ge-wonnene Selbstorganisation. Nun wollte er im Becken zeigen, was er in den letzten Wochen in eigener Sache erreicht hatte.

Vor dem Training versammelten sich alle am Beckenrand. Eine Regel besagte, dass es erst ins Wasser ging, wenn die Gruppe komplett war. Es war Ackermann der fehlte. Die Jungs, warteten in Gruppen, Malte stand allein etwas abseits und beobachtete die anderen. Sie waren durchgehend am quatschen, provozierten einander, griffen sich verbal an. Das taten sie, ohne Unterlass, nicht nur an diesem Tag. Malte hatte das auch schon in den vergangenen Tagen beobachten können. Was ihn erstaunte war, dass keiner von ihnen die Beleidi-gungen und Sticheleien persönlich nahm, obwohl einige Äußerungen durchaus impertinent zu verstehen waren. Stattdessen hatte Malte das Gefühl, die Jungs schöpften daraus Eifer. Und davon scheinbar jede Menge. Äußerlich waren alle sehr gut gebaut, hatten eine aufrechte, stolze Körperhaltung und strotzten auch mental vor Selbstbewusstsein. Malte konnte sich nicht vorstellen, dass diese Eigenschaft bei einem jeden von vornherein gegeben war. Es musste der Sport sein, der aus diesen halben Portionen, zumindest in ihren Köpfen, ganze Männer machte.

Ackermann kam und alle sprangen, ohne dass es einer Aufforderung bedurfte, ins Wasser. Sie absolvierten die selben Sätze, nicht jeder hatte eine eigene Bahn. Also schwammen alle nacheinander und sortierten sich dort ein, wo sie leistungstechnisch reinpassten. Es stand außer Frage wo sich Malte einreihte. Er stellte sich hinten an. Überholen war für ihn keine Option und auch gar nicht das Ziel. Dran bleiben und die Füße vor ihm nicht verlieren schon.

Malte hatte gelernt, die Augen beim Kraulen immer gen Boden zu richten, damit man wie ein Torpedo im Wasser lag. Der Kopf sollte nicht nach oben hin ausscheren und die so entstehende Stromlinienform möglichst wenig Wasserwiderstand produzieren. Malte sah immer brav nach unten, richtete seinen Blick nur ab und an nach vorn, um zu schauen, ob er an den Füßen seines Vordermanns, zumindest für ein paar Meter, dran bleiben konnte. Das wirre Wirbeln des Wassers und die vielen Luftbläschen, blieben bis um Ende der Bahn gleichmäßig. Zwischen drin konnte Malte sogar noch Füße sehen. Auch nach der Wende zeichnete sich das selbe Bild ab. Er war offenbar in der Lage den Anschluss halten. Vor lauter Freude und Euphorie kam Malte mit seiner Atmung komplett durcheinander, verschluckte sich und musste hustend abbrechen. Er konnte es kaum fassen. Und es war kein Versehen. Auch auf den kommenden Bahnen war er in der Lage mitzuhalten.

Nach dem Training war Malte genauso kaputt wie sonst auch. Sein Handtuch hing an einem Haken auf Kopfhöhe und er hatte Schwierigkeiten den Arm soweit zu heben um das Tuch greifen zu können. Diese Herausforderung kannte er bereits von den vergangenen Stunden. Was er nicht kannte, dass sich diese Müdigkeit gut anfühlen konnte. In der Vergangenheit war die Erschöpfung durch sein Versagen negativ geprägt. Heute fühlten sich seine schlappen Arme großartig an. Sie waren Zeugnis davon, dass er es geschafft hatte. Mit dem Training und der harten Arbeit in den vergangenen Tagen, hatte er wirklich etwas erreicht. Es war zwar nur ein kleiner Erfolg, aber er hatte große Lust auf mehr.

Auf dem Weg in die Kabine vernahm er hinter sich ein Rufen.

"Pedersen!"

Malte drehte sich um und sah Herrn Ackermann, der ihn zu sich winkte. Er saß auf einer

Bank, schrieb irgendetwas in ein Notizbuch und sah nicht auf, als Malte vor ihm Stellung bezog.

"Du hast trainiert, das seh ich", begann Ackermann, weiterhin mit gesenktem Kopf. "Dein Ehrgeiz gefällt mir. Andreas hat mir erzählt, dass du Gold machen willst".

Hier beendete er seinen Satz. Er hob die Stimme nicht, lediglich der Blick, den er in Richtung Malte richtete, vermittelte, dass das eine Frage sein sollte.

"Ähm, ja das hab ich vor", stammelte Malte eine Antwort zusammen, ohne recht zu wissen, wo das hinführen sollte.

"Ich hab eine Truppe die zwei Mal die Woche dafür trainiert. Willst du die Döspaddel", er richtete seinen Blick in Richtung Umkleiden, in die sich die Halbstarken verzogen.

"nicht hinter dir lassen und mit den Goldjungs trainieren?"

Eine Antwort darauf kam sofort.

"Ja klar, voll gern! Wann soll ich wo sein?"

Malte hatte einen Höhenflug. Er fühle sich großartig, selbstsicher, stark. So wie die Jungen heut Morgen am Beckenrand, nur dass er seinen Hochmut nicht in Freveleien umsetzte.

Er hatte geduscht und gefrühstückt, seine Kleidung gewechselt und war nun auf dem Weg seinen Dienst anzutreten. Er hatte schon oft mit dem Gedanken gespielt, sich es aber bisher nicht getraut. Ihm war klar, dass er es nur aufschob. In seinem jetzigen Zustand hatte er das nötige Selbstbewusstsein um es zu wagen.

"Frau Krüger?"

Malte stand schleimig am Tresen. Beate Krüger hob den Kopf und damit den Blick von ihrer Regenbogenpresse in Richtung Malte. Es war, als müsste er kurz erschrecken. Aus der Nähe war Frau Krüger noch schockierender als aus der Ferne. Die Haare waren in ein grelles Pink gefärbt, die Ohren mit vielen Löchern versehen, alle mit glitzernden Diamanten gefüllt. Ihre Haut war dunkelrot. Sie musste vor kurzem erst ein Solarium aufgesucht haben und es wirkte, als wäre sie bei ihrem Sonnenbad eingeschlafen und hätte die Zeit vergessen. Das alles schockierte Malte ein wenig. Ganz zu schweigen von dem, von Grund auf bösen Blick, den Malte von ihr gesandt bekam. Zwangsläufig hatte er das Gefühl angegriffen zu werden und flüchten zu wollen und das, wo sie noch gar nichts gesagt hatte.

Der Blick musste Malte als Bestätigung, dass er ihre Aufmerksamkeit hatte, ausreichen.

"Sagen sie", er begann seine Frage in dem freundlichsten Ton, den er im Stande war auszusprechen. "Ich habe vor kurzem die Spinde in der Herrenumkleide gewartet."

Frau Krüger sah ihn weiterhin an. Mit jedem Wort was Malte sprach, schien sie jedoch genervter, dass sie sich nicht wieder ihrer Zeitschrift widmen konnte.

"Dabei ist mir aufgefallen", sprach Malte nun schneller, damit am Ende seiner Frage der Geduldsfaden von Frau Krüger noch nicht gerissen war. "der Spinnt mit der Nummer 226 ist dauerhaft verschlossen. Können Sie mir sagen, was es damit auf sich hat?"

Das Ende seiner Frage hastete er mit dem letztem Atem in seinen Lungen heraus, denn er hatte sich nicht getraut Luft zu holen. Für einen Moment sah sie ihm in die Augen, ohne Anstalten zu machen, etwas von sich zu geben. In Malte wuchs Furcht. Furcht davor, sie könne ihn jeden Moment lautstark zur Schnecke machen. Und Spannung. Spannung ob sie ihm sogleich die Antwort für dieses Rätsel liefern würde. Sie wandte den Blick von Malte ab, zurück auf ihre Zeitschrift.

"Keinen Schimmer wovon du sprichst."

Mehr bekam Malte von ihr nicht zu hören. Und für ein Nachhaken fehlte ihm der Mut.

Kapitel 22

Monotonie gefiel Malte im Arbeitsalltag besonders gern. So sehr er es mochte seinen Verstand einzuschalen, wenn er mal nur handeln und nicht denken musste, konnte er der ebenso Tätigkeit etwas abgewinnen. An diesem Tag kümmerte er sich vollumfänglich um die Wartung der Liegestühle die den Beckenrand säumten. Sie bestanden aus einem Rahmen zwischen dem Gummiseile gespannt waren, auf man sich bequem erholen konnte. In der Grundstellung saß man, lehnte man sich etwas nach hinten, kippte die Rückenlehne und das Fußteil erhob sich. Malte musste prüfen ob die Schrauben saßen und die Gummibänder straff genug waren. Und wo er einmal dabei war, wischte er auch jedes Exemplar einmal feucht ab.

Er ließ sich Zeit, denn es fand ein Kurs für frisch gebackene Mütter mit ihren Kleinstkindern statt. Das Becken im Schwimmbad war rechteckig. An der einen kurzen Seite befanden sich Stufen über die komplette Länge, die hinein führten. Dort begann das Wasser hüfthoch und fiel gen Ende der anderen Beckenseite langsam ab. Johanna saß am Beckenrand neben den Stufen und ließ die Beine im Wasser baumeln. Vor ihr im Halbkreis versammelt die Kursteilnehmer. Bisher hatte Malte nur die Möglichkeit sie bei ihrer Arbeit mit Rentnern zu beobachten. Dort war sie laut anpeitschend und eher aufgedreht. Davon war an diesem Tag nichts zu spüren. Sie hatte kein Mikrofon und sprach dennoch sehr leise. Einfühlsam und gefühlvoll gab sie den Müttern Anweisungen und blickte aufmerksam in deren Richtung. Malte konnte deutlich erkennen, wie sie die Freude in den Gesichtern von Babies und Mamis wahrnahm und sie sich in ihrem spiegelte. In diesem Moment wurde Malte bewusst, dass Johanna wirklich liebte was sie tat. Da sie immer nur für einzelne Kurse im Schwimmbad war, ging Malte davon aus, dass es nur ein Job war, den Johanna ausübte, um sich ihr eigentliches Leben zu finanzieren, vielleicht ein Studium oder eine Weiterbildung. Es war keineswegs so, dass sie in Gegenwart der Alten den Eindruck machte nur ihre Pflicht zu erfüllen. Es war wahrscheinlich der eingeschränkte Horizont von Malte, der es nicht vorsah, dass diese Arbeit Johannas Endziel sein konnte. Am Beckenrand sitzend, wirkte sie vollends zufrieden und machte den Eindruck, zu hundert Prozent im aktuellen Moment zu sein und keinen einzigen Gedanken an eine Uni oder etwas anderes zu haben. Bei nächster Gelegenheit musste er sie fragen was es mit ihrem Job auf sich hatte, wie sie dazu gekommen war und ob sie dort war wo sie hin wollte.

Nach Kursende kam Johanna auf Malte und Yuri zu.

"Na, ihr zwei", begann sie mit einem verschmitztem Lächeln auf ihren Lippen. "habt ihr schon Pläne für eure Mittagspause?"

Malte konnte es kaum fassen. Es war zwar nur ein Mittagessen, aber irgendwie ja auch eine Verabredung nach der Johanna fragte. Sein Blick ging fragend zur Seite.

"Ich bin raus. Hab mir was von zu Hause mitgebracht", entgegnete Yuri ihr, ohne Malte anzusehen.

Maltes Praktikum dauerte nun schon eine gewisse Zeit an und Yuri hatte noch nie, auch nur im Ansatz, etwas zu essen dabei. Früh an später zu denken war ein Prozess der in seinem Kopf nicht vorkam. Gedanken über die Nahrungsaufnahme machte er sich erst, wenn der Hunger so akut war, dass er ihn nicht mehr länger ignorieren konnte. Also sah Malte ihn genau an. Sollte er just an diesem Tag an seiner Gewohnheit etwas geändert haben, oder war das eine freundschaftliche, fast schon brüderliche Geste, weil er wusste wieviel Malte für Zweisamkeit mit Johanna gegeben hätte?

Malte konnte in Yuris Gesicht keine noch so kleine Reaktion erkennen, die darauf hätte hinweisen können. Johanna sah ihn ebenso ungläubig an wie es Malte tat. Wahrscheinlich hielt er genau deshalb seine Gesten im Zaum. Auch wenn Malte visuell keine eindeutigen Hinweise wahrnehmen konnte, sein Bauchgefühl sagte ihm, dass Yuri das heutige Mittagessen aus Solidarität zu Malte ausließ.

Der entschied sich für Kartoffeln mit Quark und Leinöl, eines seiner Lieblingsgerichte. Johanna bediente sich an der Salattheke. Das wirkte auf Malte im ersten Moment so, als würde sie ihre

Nahrungsaufnahme regulieren, oder vielleicht eine Diät machen. Ihrem äußerlichen Erscheinungsbild nach, hätte das zu ihr gepasst. Als sie allerdings Malte gegenüber saß, und er ihren großen, bis zum Maximum vollgeladenen Teller sah, war er sich sicher, dass sie einfach aß worauf sie Lust hatte.

"Was genau ist eigentlich die Definition von deinem Job?"

Damit begann Malte die Konversation. Johanna schien sich über die Frage zu freuen. Offenbar übte sie ihren Job nicht nur gerne aus, sondern sprach auch gern drüber.

"Genau genommen bin ich freiberuflich selbstständig", begann sie ihren Monolog der Erklärung, und schaffte es erstaunlich gut in hoher Geschwindigkeit zu Essen, ohne dass das Tempo der Erzählung darunter leiden musste. Johanna hatte Sport studiert und schon während ihres Studiums, um dieses zu finanzieren, Kurse gegeben. In verschiedenen Sportarten für unterschiedliche Gruppen von Menschen.

"Bei Wasser, alten Menschen und sehr kleinen Menschen bin ich dann geblieben", fuhr sie fort. "das sind die beiden Gruppen von Kursteilnehmern, die egal an welchem Tag voll Bock haben. Ich will, dass meine Sportler von sich aus motiviert sind und nicht, dass ich sie motivieren muss."

Malte dachte spontan an die genervten Jungs bei seinem Schwimmtraining.

"Ja, macht Sinn, kann ich nachvollziehen", bestätigte er.

Aufmerksam hing er Johanna an den Lippen. Zum einen weil das was sie zu erzählen hatte interessant war, zum anderen weil Malte durch ihre Schilderungen auch viel mehr über ihre Persönlichkeit erfahren konnte. Ihn erstaunte, dass sie in ihrem offenbar jungen Alter schon beruflich dort angekommen war, wo es ihr Spaß brachte und wo sie hin wollte. Sie ging beruflich offenbar keine Kompromisse ein und musste dies auch nicht.

Am Ende ihres Monologs fragte sie auch Malte nach seinen Plänen und was er nach seinem Praktikum vor hatte. Da die Aufmerksamkeit bei Johanna bleiben sollte, fasste er sich sehr kurz.

"Ich möchte am Strand sitzen, aufs Wasser schauen und Menschen vor dem Ertrinken retten"

Er sprach es aus und merkte wie dämlich es klang. Dennoch meinte er es vollkommen ernst und freute sich, dass Johanna es offenbar auch so verstand.

"Am Wochenende findet eine Ausstellung von einem Freund statt", begann sie. "da kommen ein paar Jungs die in Südafrika und Australien gelebt haben. Ich kann dich gern mit ihnen bekannt machen. Vielleicht können sie dir ja Tipps geben."

Malte war begeistert. Natürlich darüber, eventuell ein Ticket in die Rettungsschwimmwelt in Übersee zu bekommen. Vor allem aber, dass er Johanna privat treffen würde.

Auf dem Weg zurück ins Schwimmbad schwiegen sie lange. Wieder fühlte sich die Stille zwischen ihnen nicht unangenehm, sondern wohlig an. Zumindest für Malte. Irgendwann unterbrach er das Schweigen um die Frage loszuwerden, die er allen stellte. Hoffnung auf eine zielführende Antwort hatte er schon gar nicht mehr.

"Wie, der Spind ist verschlossen? Seit dem Tag als es dir aufgefallen ist und keiner weiß etwas darüber?"

Johanna war augenscheinlich interessiert und nun stieg auch wieder Maltes Interesse. Weniger weil er einen Hinweis hatte der ihn weiterbrachte, sondern weil er offenbar einen Mitstreiter bekam. Auf dem Parkplatz vor dem Schwimmbad verabschiedeten sie sich. Malte ging wieder zur Arbeit, Johanna in ihren Feierabend. Sie teilte ihm ihre Freude mit, ihn bei der Ausstellung wiederzusehen und zusammen mit ihm das Rätsel um den Spind zu lösen. Den zweiten Teil nannte sie ein wenig spöttisch. Malte freut sich dennoch.

Kapitel 23

Im Treppenhaus hörte Malte dumpfe Musik, die offenbar aus einer Wohnung kam. Je höher er die Stufen vom Fahrradkeller in Richtung seiner Haustür ging, desto lauter wurden die Klänge. Als er den Schlüssel drehte und sich die Tür öffnete, hatte er die Gewissheit. Das Licht brannte, feuchte, warme Luft strömte Malte entgegen und es roch großartig. Die Musik aus dem Treppenhaus dröhnte ihm nun ungehindert in die Ohren. Weder das Lied, noch die Band waren Malte bekannt. Was ihm klar war, dass es sich um Hip Hop handelte, der eine Generation älter war als er. Dementsprechend älter war Tante Ricarda wahrscheinlich auch.

Sie stand in der Küche und bereitete Essen zu. Es war das erste Mal, dass Malte sie sah und sie nicht schlief. Tante Ricarda schien nicht gemerkt zu haben, dass Malte die Wohnung betreten hatte und so nutzte er den Moment. Sie war nicht besonders groß, dafür aber besonders schlank. Ihr zu großes weißes T-Shirt unterstrich ihre Gestalt noch. Um ihre Hüfte war eine dunkle Schürze gebunden, ihre nackten Füße steckten in schwarzen Birkenstocks. Die Haare waren sehr kurz. Es war kein Schnitt zu erkennen, eher machte es den Eindruck, als hätte sie selbst Hand angelegt. Trotz der burschikosen Frisur und des Shirts in dem sich keine Rundungen abzeichneten, hatte sie eine sehr weibliche Ausstrahlung.

"Kannst du die Tür bitte zu machen, sonst wollen die Nachbarn auch noch was ab haben!", schrie sie, nicht aus Bosheit, sondern um die Musik zu übertreffen.

Sie hatte Malte offenbar doch bemerkt. Nachdem er seinen Rucksack verstaut und sich seiner Schuhe entledigt hatte, bemerkte Malte Ruben, der sichtlich begeistern um die Beine von Ricarda schlawenzelte. Ob die Begeisterung dem Geruchs der Speisen oder der Freude über die Anwesenheit seiner Gastgeberin geschuldet war, konnte Malte nicht in Erfahrung bringen. Dass er sowohl Ruben, als auch seine Tante im selben Moment so aktiv erlebte, grenzte an ein Wunder.

"Nehmen sie doch bitte Platz", rief sie im Ton eines Oberkellners so laut, dass sie es gerade so schaffte die Musik zu übertreffen. Tante Ricarda strahlte über das ganze Gesicht. Malte nahm am Tisch gegenüber des Backofens Platz und konnte nur wenig von dem sonst so hell erleuchteten Garraum erkennen, da der voll gestellt war mit Gargut.

"Erwartest du noch Gäste?", rief Malte, durfte es im Anschluss noch einmal wiederholen, weil er es nicht geschafft hatte lauter als die Musik zu sein. Tante Ricarda wand sich der Küchenzeile ab, strich die Hände flüchtig an ihrer Schürze sauber und verringerte die Lautstärke des Radios auf ein

Maß, zu dem man sich entspannt unterhalten konnte.

"Ich habe heute Geburtstag und du bist mein Gast", gab sie freudig bekannt.

"Toll, das freut mich", erwiderte Malte ehrlich, war sich jedoch nicht sicher, was er davon halten sollte. Die beiden wohnten zusammen und kannten sich dennoch kaum. Malte freute sich zwar, fragte sich aber dennoch, ob Tanzte Ricarda nicht lieber mit Freunden, als mit flüchtig bekannten Familienangehörigen ihren Geburtstag feiern wollte. Diese Frage sprach er aber lieber nicht aus.

Die Vorspeise servierte Ricarda in einer Tonschale. Die Art und Weise, wie sie das Geschirr erst trug und kurz darauf auf den Tisch stellte, zeigte den Stolz ihrer Arbeit. Es ging ihr so geschmeidig von der Hand, dass Malte klar erkennen konnte, wie viele unzählige Male zuvor sie das schon gemacht haben musste. In der Schale lag ein dreieckiges flaches Stück. Konsistenz und Farbe gaben keine Auskunft darüber um was es sich handelte. Ricarda kam noch einmal an den Tisch und goß gekonnt aus einem kleinen weißen Kännchen eine gelbliche milchige Flüssigkeit neben das Stück, bis sich die Schale langsam etwas füllte und der Boden bedeckt war. Nachdem sie gegenüber von Malte Platz genommen hatte, warf sich gekonnt die Leinenserviette auf den Schoß.

"Guten Appetit", strahlte sie Malte entgegen.

"Danke", entgegnete der und sein Blick musste fragend genug sein, dass sie ihm ausführlichst erklärte.

"Sellerie."

Malte kannte Sellerie nur aus Eintöpfen. Das was er da vor sich sah, hatte geschmacklich so wenig mit dem in seinem Gedächtnis zu tun, dass er sich fragte, ob Ricarda ihn reingelegt hatte.

"Mmh lecker, oder?", gab sie sichtlich erfreut über ihr Werk von sich.

"Ja Wahnsinn, wie machst du das?", entgegnete ihr Malte und meinte damit nicht nur dieses Gericht, sondern alles was er seit seinem Einzug in dieser Küche entdeckt hatte.

Da heute ihr Geburtstag war, quasi ein ganz besonderer Tag, hatte sie frei und kochte mal ausnahmsweise nicht für andere, sondern für sich selbst.

"Mir ist schon aufgefallen, dass du ganz schön selten zu Hause bist."

Tante Ricarda verstand offenbar worauf Malte mit diesem Satz abzielte. Sie erklärte ihm lang und ausführlich, dass Lebensmittel, deren Verarbeitung und "natürlich auch das verzehren der Resultate", ihr eine ganz große Leidenschaft war. Sie wurde nicht dazu gezwungen so viel zu arbeiten, sondern tat das aus eigenen Stücken. Malte war immer der Auffassung sie würde von ihrem Arbeitgeber zu der vielen Arbeit getrieben und war immer so müde, weil sie dies gegen ihren Willen tat. Er dachte sie wäre in diesem harten Gewerbe dazu gezwungen, wenn sie es mal zu etwas bringen wollte. Das war offenbar nicht so. Stattdessen schickten ihre Kollegen sie immer nach hause, damit die überhaupt noch Schlaf bekam. Mit ihrem Job hatte sie einen absoluten Glücksgriff gelandet. Sie lernte in dem Restaurant an jedem Tag etwas neues, konnte sich in ihrer Leidenschaft entfalten. Genau das war es, was ihr am meisten Freude im Leben bereitete und das war auch alles was sie wollte. Daher investierte sie ihre gesamte Zeit dort hinein.

"Wenn ich mal nicht in der Arbeit bin, denk ich die ganze Zeit darüber nach, welche Lebensmittel ich wie gare und womit kombiniere und was für ein Geschmack dabei wohl entstehen könnte", sprach sie begeistert. "das will ich dann unbedingt ausprobieren, kann nachts gar nicht richtig schlafen, wache früh morgens auf und düse direkt los in die Arbeit."

Malte war fasziniert. Ebenso vom Hauptgang, beziehungsweise von den Hauptgängen. Tante Ricarda stellte mehrere kleine Schälchen auf den Tisch. Unter anderem eine Art dunkle Mayonnaise mit braunen Stückchen. Außerdem kleine halbierte Kartoffelhälften, beziehungsweise deren Haut, gefüllt mit einer klaren goldgelben Flüssigkeit. Dazu kleine Nester von sehr dünnen Nudel auf denen je ein Eigelb lag. In weiteren kleinen Schalen fand Malte Dips in verschiedenen Farben, bei dem einen konnte man Zutaten und Kräuter erkennen, bei anderen nicht. Tante Ricarda legte ein helles Baguette auf den Tisch. Das sah aus als hätte sie es selbst gebacken und nach dem Brot, dass Malte von ihr gewohnt war, ging er fest davon aus, dass auch dieses hervorragend schmecken musste. Maltes Blick flog über die vielen Kleinigkeiten, stellte sich erst die Frage wie lange die Zubereitung wohl gedauert haben mochte und danach wie sie und er das nur alles essen sollten. In dem Moment servierte Tante Ricarda das eigentliche Highlight. Sie musste es auf einen Hocker neben daneben stellen, weil auf dem Tisch gar kein Platz mehr war. Auf einem schwarzen Backblech tat sich ein hellbrauner Hügel aus Krümeln auf. Tante Ricarda nahm sich einen Löffel und klopfte auf den Hügel, der sich als fest herausstellte. Die Schale bekam Risse und darunter tat sich die glänzende schuppige Haut eines Fisches auf.

Neben den Speisen war Malte aber vor allem von seiner Tante fasziniert, mit der er zwar seit Wochen unter einem Dach lebte, die er aber erst jetzt kennenlernte. Sie wirkte befreit, lachte laut und aus vollem Herzen. Malte war sich nicht sicher, ob er schon einmal einen offensichtlich so glücklichen Menschen getroffen hatte. Und sie machte nicht den Eindruck, dass der Geburtstag Grund für ihre überschwänglich gute Laune wäre. Alles was sie tat, tat sie ohne einen einzigen Selbstzweifel. Es interessierte sie nicht was die Person gegenüber von ihr dachte, tat worauf sie am meisten Lust hatte und wonach ihr gerade war. Malte hatte den Eindruck, dass das der Schlüssel war, weshalb sie so befreit wirkte.

Jede einzelne Speise schmeckte so außergewöhnlich, wenn Malte nicht bereits im Vorfeld bei einzelnen Gerichten die Möglichkeit gehabt hätte, diese außergewöhnlichen Aromen zu schmecken, er wäre wahrscheinlich aufgrund einer Reizüberflutung kollabiert. So viel wie an diesem Abend hatte er in seinem Leben noch nie zuvor gegessen, dessen war er sich sicher. Sein Bauch schmerzte, seine Bauchdecke war eindeutig zu eng. Auch Tante Ricarda hatte im Gegensatz zu ihrer schlanken Gestalt, völlereiähnlich gegessen. Dennoch war noch sehr viel übrig geblieben und an einigen Stellen auf dem Tisch, war man sich nicht sicher, ob überhaupt etwas verspeist worden war. Die Köchin stand auf, begann den Tisch abzuräumen und die Reste in die Malte sehr gut bekannten klaren Aufbewahrungsgefäße zu packen. Er hätte gerne seine Hilfe angeboten, war aber weder in der Lage aufzustehen um zu helfen, noch die Nachfrage dazu auszusprechen.

"Dessert", rief Tante Ricarda erfreut, als der Tisch abgedeckt war. Malte war leider nicht in der Lage Freude darüber zu verspüren. Dennoch wollte er unbedingt wissen, was sie gekocht hatte.

Auf dem Herd stand ein Topf mit Wasser. Tante Ricarda fischte zwei Dosen Kondensmilch daraus hervor. Malte hatte keinen blassen Schimmer was nun folgen sollte. Auf einem Teller zerkrümelte sie Keksteigbrocken und drückte diese anschließend mit einem Löffel fest, sodass ein fester Boden entstand. Aus der geöffneten Dose floss braune zähe Flüssigkeit auf den Boden. Darauf legte Tante Ricarda längsgeschnittene Bananenscheiben und darauf kam eine dicke Schicht Schlagsahne. Zu guter letzt schnitt sie den "Kuchen" in Stücke und servierte ihn rasch, denn die braune Soße floss auf den Teller. Malte konnte es kaum fassen, dass ihm, nach dem was er schon alles zu sich genommen hatte, noch Wasser im Mund zusammenlaufen konnte. Als der erste Löffel in Maltes Mund eintraf, war es, als hätte er jegliches Sättigungsgefühl verloren. Die Süße der Nachspeise machte offenbar einen neuen Magen auf und Malte überkam für ein letztes Mal an diesem Abend ein Heißhunger. Als diese Teller auch leer waren, ließen sich beide in ihren Stühlen nach hinten sinken und konnten sich für eine gefühlte Ewigkeit nicht bewegen.

Kapitel 24

Die Ausstellung fand in einer großen Lagerhalle statt. Boden, Decke und Wände waren blütenweiß, Länge, Breite und Höhe des Raumes exorbitant. Ebenso imposant wie das Szenario waren die Bilder die gezeigt wurden. Riesige Rahmen hingen vereinzelt an Wänden und wurden von Spots angestrahlt. Auf den weißen Leinwänden waren Striche in unterschiedlichen Stärken und Farben gezogen. Passend zu den Räumlichkeiten, hatte man auch bei den Exponaten das Gefühl, in einer Parallelwelt gelandet und geschrumpft zu sein. Malte hatte überlegt Yuri um Begleitung zu bitten, entschied sich dann aber doch allein zu gehen. Er suchte nicht direkt nach Johanna, sondern widmete sich zuerst ausführlich allen Bildern. Sie sollte nicht der einzige Grund für seine Anwesenheit sein und wenn er sich alles einmal ansah, würde er ihr schon über den Weg laufen. Überschaubar war die Besucherzahl.

Die Gemälde wirkten durch ihre Größe, ihre Farbenpracht und durch ihre Simplizität. Dennoch konnte sich Malte der Frage nicht verwehren, ob er selbst nicht auch in der Lage gewesen wäre, etwas gleichwertiges zu Stande zu bringen. In seinem Kopf gab es nur zwei Arten von Kunst. Auf der einen Seite standen Dinge bei denen er sich selbst - vor allem handwerklich - nicht zutraute, selbiges zu fabrizieren. Zum Beispiel bei Landschaftsmalerei die sehr realitätsnah war. Malte hätte sich nie zugetraut so etwas zeichnen zu können, ganz egal wie lange er dafür übte. Das war für ihn Kunst. Stand er stattdessen, vor zum Beispiel einer Skulptur, die den Anschein machte, jemand hätte wütend und sinnlos auf Metall eingeschlagen, dann wurde ihm weder klar, was es damit auf sich hatte, noch empfand er Achtung gegenüber dem Künstler, da es sich um, in seinen Augen, keine außergewöhnliche Leistung handelte. Dass diese Einstellung der Kunst gegenüber vollkommen laienhaft und mit sehr hoher Wahrscheinlichkeit, schlichtweg falsch konnotiert war, wusste Malte. Dennoch konnte er an diesem Empfinden nichts ändern.

In einem Separee, in einer Ecke der Halle, schien noch ein zweiter Künstler auszustellen. Leichtbauwände verkleinerten den Radius und eine abgehängte Decke schaffte mehr Intimität. Es handelte sich nicht um übergroße Gemälde, sondern gerahmte Fotografien, deren Abzüge sowieso schon nicht besonders groß waren, im Vergleich zu den übergroßen Exponaten nebenan aber winzig wirkten. Vor den Fotografien hatte sich eine kleine Traube von Menschen versammelt. Eine Person überragte die Gruppe. Es musste sich um den Fotografen selbst handeln. Körperlich maß er mindestens eineinhalb Köpfe mehr als seine Zuhörer und nicht nur deshalb waren alle Augen und Ohren auf ihn gerichtet. Einer der Interessierten war Johanna.

Da Malte sowieso mit den Gemälden durch war, gesellte er sich dazu. Just in dem Moment wo er das Separee betrat, löste sich die Gruppe jedoch auf und nur der Riese und Johanna blieben beisammen.

"Malte, wie schön, dass du gekommen bist", begann Johanna hocherfreut und fuhr ebenso positiv gestimmt fort, Chad vorzustellen. Chad kam eigentlich aus San Francisco. Dort hatten sich Johanna und er auch kennengelernt. Sie wusste damals schon, dass er viele tolle Fotos gemacht, diese aber nie jemandem gezeigt hatte. Sie drängte ihn, damit öffentlich zu gehen und nun war er mit seinen Fotos auf Europatour.

"Chad wohnt in Amerika, in einer ganz kleinen Wohnung und fährt mit seinem Motorrad und einem dicken Rucksack auf dem Rücken durchs Land, um Bäume zu beschneiden", fuhr Johanna ohne zu atmen und voller Euphorie fort.

"Und wenn ich sage Bäume, dann meine ich nicht solche Bäume wie du sie gewohnt bist. Chad klettert auf Bäume die so hoch sind wie Hochhäuser. Die Baumkronen, die beschnitten werden müssen, beginnen erst ganz weit oben. Der Job ist super gefährlich und wenn Chad da oben in den Baumkronen hängt und nur den Wind hört und von Vögeln und Eichhörnchen umgeben ist, dann nimmt er sich seine Kamera und macht ein Foto."

Mit dem letzten Wort wanderte ihr Blick andächtig in Richtung Chad. Maltes Blick wanderte in Richtung Fotos. Die Art und Weise war immer die selbe. Es waren Baumkronen, die man nur fotografiert haben konnte, wenn man sich auf gleicher Höhe befand. Dies zu unterschiedlichen Tageszeiten und Lichtstimmungen. Sie waren durchaus eindrucksvoll. Unten Blätter oben der Horizont, Sonnenuntergänge und sehr oft Nebel. Auf einem Foto sah man einen Vogel der auf dem obersten Ast eines Laubbaums saß und Chad direkt in die Kamera sah.

Malte wandte seinen Blick wieder von der Kunst ab, hin zum Künstler. Ein bisschen klischeemäßig sah er ja schon aus. Wenn Johanna Malte die Geschichte erzählt hätte, ohne dass Chad direkt vor ihm stand, hätte er sich einen Amerikaner, der kletternd Bäume schneidet und dabei Fotos macht, genau so vorgestellt. Groß, sonnengegerbte Haut, kurzes, rötliches, strubbeliges Haar, sowohl auf dem Kopf, als auch im Gesicht. Kariertes Hemd und zerrissene Blue Jeans, die Risse aber nicht modisch bedingt, sondern durch Schäden entstanden.

Damit hatte Malte keine Probleme. Auch die Fotos gefielen ihm irgendwie. Was ihm irgendwie gar nicht gefiel, war die Art und Weise wie Johanna von Chad sprach und wie sie ihn dabei ansah. Der Ton war in seinen Ohren etwas zu entzückt und die Blicke in seinen Augen etwas zu anhimmelnd. Der Gedanke daran, woher Johanna so viel über ihn und von seiner kleinen Wohnung wissen könnte, machte Malte trübselig. Seine Gedanken spannen in Eiltempo Geschichten, dass er Mühe hatte sie zu bremsen. Sicher hatte sie bei ihm übernachtet und weil die Wohnung so klein war und es nicht einmal ein Sofa gab, mussten sie sich das Bett teilen. In diese Richtung gingen alle seiner Theorien und er konnte sich ihrer nicht verwehren. Malte nahm sich fest vor, das nicht in das Urteil der Kunst einfließen zu lassen.

In einer kleinen Gruppe, der sich noch ein paar andere Besucher anschlossen, gingen sie die Fotografien ab und Chad erzählte zu jedem etwas. Hier und da half Johanna mit Kommentaren und Hintergrundinfos. Malte gab sich große Mühe, aber die Tatsache, dass sie so viele Details hatte, ging ihm ein Stück zu weit. Johanna machte in der Zeit seiner Anwesenheit nicht den Eindruck an einem direkten Gespräch mit Malte interessiert zu sein und so verließ er die Veranstaltung ebenso unbemerkt, wie er sie betreten hatte.

Als er auf dem Rad saß und heim fuhr, ging die Sonne eben unter. Es war den ganzen Tag über wolkenlos und windstill, wodurch sich die Luft frühlingshaft erwärmt hatte. Als er am Nachmittag losfuhr, hatte er sich dazu verleiten lassen, eine dünne Jacke anzuziehen. Auf dem Hinweg schien das die richtige Wahl zu sein. Nun wusste er, dass er sich nicht hätte täuschen lassen sollen. Der kalte Wind im Gesicht drang auch an seinen Hals und in sein T-Shirt und schuf Beklommenheit. Parallelen zu seinem emotionalen Empfinden in den letzten Stunden waren nicht von der Hand zu weisen. Er hatte immer versucht sich auf die Zuneigung von Johanna nichts einzubilden und keine Hoffnungen zu machen. Auch wenn sie durch jedes Lächeln und jedes nette Gespräch mit Malte das Gefühl vermittelte, dass es eine Annäherung geben könnte, so blieb eine gewisse Distanz immer bestehen. So freundlich sie zu Malte auch war, so wenig hatte er dennoch das Gefühl, ihr vertraut zu sein. Er hatte zwar gehofft, aber nicht daran geglaubt, dass zwischen den beiden etwas hätte entstehen können. Sie gab ihm das Gefühl, für sie etwas besonderes zu sein. Nun wusste er, dass es in ihrem Verhalten noch eine Steigerung der Sympathie gab und Chad war die Person, an dem sie ihm dies zeigte.

Kapitel 25

Die Prüfung für das Rettungsschwimmabzeichen in gold sollte in wenigen Tagen stattfinden. Ein jeder Prüfling musste sich theoretischen und praktischen Aufgaben stellen. Die Theorie war überschaubar und Malte hatte alles was es zu lernen gab, schon lange auswendig in seinem Kopf. Für die Praxisaufgaben sollte es im Vorfeld einen Test geben. Denn für die Prüfung war eine Reise geplant und es sollte nicht dem Zufall überlassen werden, ob ein jeder erfolgreich dabei war. Nicht ein Prüfer alleine kümmerte sich nur um Malte, sondern ein ganzes Wochenende lang kamen alle Anwärter aus mehreren Landkreisen zusammen, um gemeinsam ihre Zeugnisse abzulegen.

Es war der letzte Test vor der Prüfung und Ackermann stand mit fünf Stoppuhren um den Hals am Beckenrand und nahm aufmerksam die Zeiten seiner Zöglinge. In der Vergangenheit ließ er seine Schwimmer Gleichgültigkeit spüren. Nun, da die Prüfung kurz bevor stand, schien die Anspannung auch in ihm zu steigen und sie äußerte sich nicht etwa dadurch, dass er noch patziger wurde. Stattdessen konnte man fast das Gefühl bekommen, er wurde sentimental. Ackermann nahm sonst nicht die Zeiten seiner Athleten. Und hätte er sie genommen und sie nicht seinen Vorstellungen entsprochen, dann hätte er lauthals seinen Unmut kund getan.

"Pedersen, super. Dir fehlen noch 4 Sekunden auf den 400 Metern. Bei der Entwicklung die du in den letzten Wochen gemacht hast, kitzeln wir das letzte Bisschen auch noch aus dir raus."

Für einen Moment war Malte sich nicht sicher, ob der Sauerstoffmangel durch die Anstrengung im Wasser eine Art akustische Halluzination hervorgerufen hatte. Aber Ackermann folgte mit ähnlich motivierenden und positiven Einschätzungen auch bei den anderen.

Fazit war, dass Malte im Stande gewesen wäre, den praktischen Teil in den geforderten Zeiten zu schwimmen. Sollte er in der Lage sein, seine Leistungen am Prüfungstag abzuliefern. Er selbst schob die Tatsache, dass er sich in so kurzer Zeit von einem unterirdisch schlechten Schwimmer dahin entwickelt hatte, zumindest hypothetisch auf Goldniveau zu schwimmen, mit einem gegebenen Talent zu tun haben musste. Sicher nicht das Talent um sportlich erfolgreich zu sein, genug allerdings, um in so kurzer Zeit, solch Entwicklung zeigen zu können. Ackermann lobte am Ende des Training Maltes Fleiß und Willenskraft.

"Dir allein hast du es zu verdanken, dass du so gut geworden bist."

So unterschiedlich konnten Auffassungen sein. Wahrscheinlich lagen beide zu Teilen mit ihrer Einschätzung richtig.

Noch war nichts geschafft und das Abzeichen nicht geholt. Malte neigte dazu in Prüfungssituationen nervös zu werden und vor allem im Wasser konnte ihm das, in Bezug auf seine Atmung, zum Verhängnis werden. Dennoch liebäugelte er bereits damit, wie er fortfahren sollte, wenn sein Ziel erreicht sein würde. Der Frühling war da und sein Praktikum nahezu am Ende. Für den Sommer war er auf der Suche nach etwas neuem, denn in diesem Schwimmbad wollte er nicht bleiben. Er hatte größeres vor. In seinen Träumen hatte er sich an den langen Stränden der Nord- oder Ostsee gesehen. Doch die Idee vom Ausland, sie ihm Johanna, zwar nur kurz, gegeben hatte, ließ ihn nicht mehr los. Es gab bei der Ausstellung keine Gelegenheit mit einem Anwesenden der sich damit auskannte zu sprechen. Malte war nicht mal in der Lage gewesen zu erfahren, welche Anwesenden die richtigen für ein konspiratives Gespräch gewesen wären. Und so negativ dieser Abend ihm auch im Gedächtnis blieb, so präsent und interessiert blieb Malte an dem Gedanken an einen Dienst an den Küsten dieser Welt hängen. In Südafrika, Australien oder Amerika waren Rettungsschwimmer noch anerkannter. Der Gedanke, dass auch das Retten von Wellenreitern und die Sicherheit vor Haiangriffen in seinen Verantwortungsbereich fallen würden, reizte ihn.

Sein Heimatland verlassen, die Familie, die Angehörigen und Freunde zurück zu lassen, wurde mit Gleichgültigkeit von Malte aufgefasst. Normalerweise hätte er ein verfrühtes Heimweh und Sehnsucht bei dem Gedanken daran, seine Liebsten nicht mehr zu sehen, verspüren müssen. Doch das tat er nicht, nicht einmal im Ansatz. Seine Familie bestand aus seiner Mutter. In den letzten Monaten hatte er bemerkt, dass Abstand zu ihr, für ihn das Beste war. Freunde aus der Schulzeit hatte er nicht. Nicht einmal in der Schulzeit konnte er behaupten Freunde gehabt zu haben. Yuri konnte man nicht als Freund bezeichnen. Es war eine zweckmäßige Verbindung, die sich auf die Arbeit beschränkte. Tante Ricarda hatte zwar mit ihrem Geburtstagsessen das Gefühl vermittelt, dass zwischen ihr und Malte etwas entstanden war, nach diesem Abend lief jedoch wieder alles ab wie vorher auch. Malte hatte sie nicht wieder im erwachten Zustand angetroffen.

Das waren alle Personen zu denen Malte etwas hatte, das als persönlicher Kontakt betitelt werden konnte. Die einzige Person, zu der Malte hätte sagen können, eine persönliche Beziehung zu haben, war Johanna. Auch wenn der Status zu ihr, ihm noch nicht zum Bleiben bewog, so doch die Aussicht darauf, was sich daraus hätte entwickeln können. Zumindest dachte er das bis zum Tag der Ausstellung. Das was er vorher als Besonderheit sah, relativierte sich zu einer Nichtigkeit. Was ihm zu Teil wurde, die Sympathie und Zuneigung, war offenbar nichts besonderes. Und nicht nur das. Sie war auch noch geringer einzuschätzen als das Maß in dem Chad sie erhielt.

Da es nun also weder menschlich, noch geographisch, denn seiner Herkunft stand Malte vollkommen gleichgültig gegenüber, nichts gab was ihn hielt, was sollte ihn daran hindern zu gehen?

Kapitel 26

Wischen gehörte eigentlich nicht zu Maltes Aufgaben. Nur wenn bei den Putzkräften kurzfristig jemand ausfiel, mussten Yuri oder er übernehmen. Malte nahm die Aufgabe immer mit Freude entgegen. Er hatte Schlussdienst, die letzten Stunden vor der Schließung des Schwimmbads bestanden meist nur aus Warten und Minutenzählen. Die Arbeiten, die es zum Feierabend gab, waren recht schnell erledigt und dann wartete er nur noch darauf, dass die letzten Gäste das Schwimmbad verließen. Wenn keine Gäste mehr da waren, so wie an diesem Tag, dann wartete man nur noch darauf, dass die Zeiger der Uhr die richtige Position einnahmen. Oder man wischte den Eingangsbereich. Malte genoss das regelrecht, es war fast meditativ. Zum einen fand er es befreiend, dass er den Boden reinigte und die verschiedenen Arten der Verschmutzung, partiell oder flächig, durch sein Tun entfernt wurden. Zum anderen war es die Art der Bewegung, die ihn entspannen ließ. Er zog lange langsame Bahnen. Der Flur am Eingang war genauso breit, dass er mittig auf der Stelle stehen bleiben konnte, nicht nach links oder rechts treten musste und dennoch, wenn er sich mit dem Oberkörper etwas hinüberlehnte und die Arme streckte, mit Ausreichend Druck auf dem Wischer, in beide Ecken kam. Er zog horizontale Linien von rechts nach links, setzte eine neue Zeile an und dann von links nach rechts. Malte fand das herrlich beruhigend und wenn er am Ende seiner Arbeit den glänzenden Boden besah, dann empfand er Stolz für sein Werk. Er stand mit dem Rücken zum Tresen von Frau Krüger und analysierte die verschiedenen Spiegelungen der Deckenleuchten im Glanz des Bodens. Draußen war es schon dunkel. Durch die Türen konnte man nur schlecht hinaus sehen. Zum einen weil sich in ihnen, ähnlich wie im Boden, das Licht der Deckenleuchten spiegelte. Zum anderen standen die Laternen auf dem Weg zum Parkplatz soweit auseinander, dass sie immer nur kleine Lichtkegel ergaben und nicht einen zusammenhängenden Korridor. Malte sah in der Ferne jemanden auf das Schwimmbad zukommen. In wenigen Minuten würde es schließen, er konnte den Gast wieder fort bitten, das war nicht das Problem. Heikel war, dass entweder der Gast sein glänzendes Werk betreten würde, oder Malte selbst, um zur Tür zu gelangen und ihn abzufangen. Er beobachtete wie die Person von einer Dunkelheit in die nächste schritt und in jedem Licht immer größer wurde. Es war Johanna.

Sie hatte keinen Kurs an diesem Tag und wusste auch, dass das Schwimmbad jeden Moment schließen würde. Malte gab sich mühe, fand aber keinen Grund weshalb Johanna nicht wegen seiner gekommen sein konnte. Er ging ihr entgegen, aber nicht damit sie nicht den Boden betrat, sondern aus Höflichkeit, um sie zu empfangen. Die Schiebetüren öffneten sich und sie standen sich gegenüber. Johanna sah Malte lächelnd in die Augen. Der schwieg und war gespannt was kommen sollte. Ihre positive Ausstrahlung signalisierte Zuneigung, aber nicht als Wiedergutmachung, sondern allgemeiner Natur. Malte begann sie zu werten und kam zuerst zu dem Schluss, dass sie wohl nicht mitbekommen hatte, dass sie am Abend der Ausstellung seine Gefühle verletzte. Doch als er ihr genauer in die Augen sah, so bekam er ein kleines bisschen das Gefühl, dass es ihr doch bewusst war und das ein freundliches Auf-den-anderen-zugehen ihre Art von entschuldigen war. Indirekt und Diskret, wie bei der Radpanne, in einem Maße, dass es Wohlwollen des Gegenüber bedurfte, es zu erkennen.

Eines hatte Malte über ihren Charakter gelernt. Johanna konnte zwar laut und deutlich und auch viel sprechen, viel über sich selbst und ihre Gefühle Preis geben, gehörte nicht zu ihren Eigenschaften.

"Schau mal was ich habe", begann Johanna ohne Begrüßung und Einleitung und hielt einen Plastikchip an einem Armband nach oben.

"Ja, das ist ein Transponder um einen Spind zu öffnen. Ich kann ihn zurück in Frau Krügers Ablage tun", entgegnete Malte etwas geknickt, denn offenbar war sie doch aus einem Grund im Schwimmbad.

"Das ist kein Transponder mit dem man EINEN Spind öffnen kann. Mit dem Ding öffnest du alle!"

Das letzte Wort brachte ein Strahlen über ihr gesamtes Gesicht.

"Wie?"

"Frag nicht, wo ich den her habe."

Er tat wie ihm geheißen. Jedoch nicht auf ihr Bitten hin, sondern um zu vermeiden, noch einen Chad kennenzulernen, dessen Spezialität Transponder waren. Johanna drückte sich an Malte vorbei ins Schwimmbad. So dicht, dass ihr Arm seinen streifte. Bei der Breite des Flurs war dies nicht nötig, sie hätte auch in einem Bogen an ihm vorbeigehen können.

Johanna ging schnellen Schrittes Richtung Treppenstufen, die ins Untergeschoss führten und Malte musste von Gehen zu Laufen wechseln um dran zu bleiben. Vor den Herrenumkleiden blieb Johanna stehen, drehte sich erwartungsvoll in die Richtung aus der Malte gehetzt kam und streckte ihm den Transponder entgegen. Der blieb mit etwas erhöhtem Atem, fragend vor ihn stehen.

"Na los, zeig schon. Wo ist er?", wollte Johanna forsch und doch mit einem Grinsen von ihm wissen.

Malte nahm sich das Armband und ging vor, Johanna ihm auf den Fersen. Vor dem Spind mit der Nummer 226 blieb er stehen. Alle anderen Türen im Raum waren leicht geöffnet und leuchteten grün. Diese war verschlossen, leuchtete rot und zerstörte damit die Grundordnung im Raum. Für einen Autisten wäre womöglich das die Hauptmotivation für deren Öffnung gewesen. Malte hingegen konnte sich keinen Reim darauf bilden, warum und wie es dazu kommen konnte, dass diese Tür verschlossen blieb und wollte daher dieses Rätsel lösen. Dass es nun ohne sein Zutun und ausgerechnet durch Johanna seine Auflösung finden sollte, war schon irgendwie verrückt.

Malte hielt das schwarze Plastikplättchen vor die Stelle, an der es rot leuchtete. Aus dem Inneren des Schranks piepte es kurz, die Tür sprang einen Spalt auf und das Licht leuchtete nun grün, wie bei den anderen Spinden auch. Die Ordnung war wieder hergestellt, der Autist hätte nun gehen können. Für Malte ging der interessante Teil nun erst los.

Den Spindboden bedeckte eine petrolfarbene Sporttasche mit weißem Reißverschluss. Auf dem Ablagefach lagen Uhr, Ehering, Schlüsselbund und Portmonee. Die Sporttasche war verschlossen, die Gegenstände auf der Ablage ordentlich arrangiert. Es machte den Anschein, als hätte jemand seine Straßenkleidung und Wertgegenstände abgelegt um Schwimmen zu gehen. Der Stil der Tasche ließ auf ein altes Modell schließen, das allerdings nicht abgegriffen, sondern gepflegt war. Die Uhr bestand aus einer Kombination von silbernen und goldenen Metallen mit einem schwarzen Zifferblatt. Auch dieses Modell wirkte überholt. Die Gegenstände machten zwar den Eindruck schon einige Jahre alt zu sein, nicht aber schon so lange dort zu liegen. Es war wohl eher ein älteres Semester, der sie schon länger benutzte und trug, und aufgrund seiner offensichtlichen Ordnung und Reinlichkeit, in solch gutem Zustand hielt.

Johanna drückte sich ein wenig an Malte vorbei. Wieder tat sie dies mit mehr Körperkontakt als notwendig gewesen wäre.

Ihr Griff fand die Brieftasche. Das war kein dicker Brocken, sondern ein schlankes Modell aus cognacfarbenem Leder. Ebenso gut erhalten, dennoch sah man Glätte und Maserung der Oberfläche an, dass sie ebenso alt war wie Uhr und Sporttasche. Johanna durchwühlte zügig die Kartenfächer, mit einer Routine, als würde sie das öfter tun. Sie zog etwas hinaus und legte die Brieftasche wieder auf den Platz, von dem sie sie genommen hatte.

In der Hand hielt sie einen Personalausweis aus rötlichem Papier, der so mitgenommen war, dass er nur schwerlich zusammenhielt und nicht recht zum Zustand der restlichen Dinge im Schrank passte. Zu sehen war ein Mann mit weißem Haar auf dem Kopf, einer rahmenlosen Brille und jeder Menge Falten in seinem Gesicht. Er sah aus wie das fleischgewordene Klischee eines Seniors. Hätte man Malte das Foto wieder weggenommen und ihm vor eine Gruppe aus 10 älteren Herren gestellt, er hätte ihn womöglich nicht wiedererkannt.

"Heinrich Meier", las Johanna vor.

Der Name war genauso neutral wie es sein Aussehen war, dachte Malte.

"Den kenn ich", fuhr Johanna fort.

Kapitel 27

Der Wind zog durch die Baumkronen der Birken am Wegesrand. Die langen Äste mit den kleinen Blättern bewegten sich rhythmisch, als würden sie zu einem hawaiianischen Lied tanzen.

Malte und Johanna gingen schweigend nebeneinander her. Was in Johannas Kopf vorging konnte sich Malte nicht vorstellen. Dafür hatte er auch gar keine Kapazitäten mehr. Seine Gedanken drehten sich vollumfänglich um zwei Themen. Die morgige Abreise zur Prüfung, zu der er sich hervorragend vorbereitet fühlte, sich aber dennoch nicht sicher war, ob er der Aufregung stand halten würde. Und um Heinrich Meier.

Johanna hatte sich daran erinnert, dass er Teil ihrer Rentnerwassergymnastikgruppe und dazu irgendwann nicht mehr erschienen war. In den kommenden Tagen versuchte sie herauszufinden was mit ihm geschehen war. Das stellte sich jedoch als äußerst schwierig dar. Johanna hatte von ihren Teilnehmern keine Telefonnummern, weshalb sie nicht so einfach alle durchrufen konnte. Also fragte sie ihre Omis und Opis beim nächsten Kurs. Leider war es so, dass nur sehr wenige Teilnehmer wirklich regelmäßig kamen und wenn, dann meistens nicht für einen sehr langen Zeitraum. Die Damen und Herren, die Johannas Rentnergymnastik besuchten, waren nicht am Anfang ihrer Laufbahn als Pensionäre, sondern eher am Ende. Das bedeutete, dass es normal war, dass sie irgendwann nicht mehr erschienen. Sei es, weil sie aus gesundheitlichen Gründen nicht mehr in der Lage waren, den Sport auszuüben, oder weil sie von heute auf morgen nicht mehr in der Lage waren irgendetwas auszuüben. Das passierte in dieser Altersgruppe leider häufiger. Anfangs nahm das Johanna emotional sehr mit, wenn ein Kursteilnehmer, zu dem sie ein gutes Verhältnis aufgebaut hatte, nicht mehr kam und sie auf Nachfrage von einem anderen Sportler erfuhr, dass sie oder er leider verstorben waren. Deshalb hörte sie auf zu hinterfragen, wenn jemand nicht mehr kam und beließ die Beziehungen zu den Teilnehmern bei einem Maß, mit dem sie umgehen konnte, wenn sie das zeitliche segneten.

Da der letzte Kurs von Heinrich Meier schon Monate her war, stellte sich die Suche nach Angehörigen als schwierig dar. Malte hatte zwar recht früh den verschlossenen Spind bemerkt, die Öffnung dessen nahm aber diese Zeit in Anspruch. Wenn er eine Ahnung gehabt hätte, was sich in ihm befand, wäre er sicher mit mehr Nachdruck bei seinen Kollegen vorgegangen.

Schließlich fand Johanna eine Verbindung und es gab einen Kursteilnehmer, der jemanden kannte, der wiederum jemanden kannte, der im selben Seniorenheim wohnte wie Heinrich Meier und wiederum die Geschichte gehört hatte, was mit ihm passiert war. Der sonst so rüstige Rentner stand nach seinem Kurs unter der Dusche und erlitt einen Schlaganfall. Ein Rettungswagen brachte ihn ins nahegelegene Krankenhaus, in dem er noch immer lag und zu dem Johanna und Malte auf dem Weg waren.

Heinrich war nicht bei Bewusstsein, als sie sein Zimmer betraten. Malte kannte ihn nur vom Foto. Auf dem war er entweder sehr gut getroffen oder aber, der Mann in dem Bett vor ihm war in einem sehr schlechten Zustand. Der Reaktion von Johanna nach zu urteilen, traf zweiteres zu. Sie kannte ihn nicht nur von seinem Personalausweis und als Malte sie ansah, konnte er an ihr einen Gesichtsausdruck sehen, der so betroffen und traurig wirkte, wie er bisher nichts dergleichen bei ihr vernommen hatte. Heinrich schlief, sonst war niemand im Zimmer. So konnten sie sich in Ruhe umschauen. Seine Haare waren ungewaschen und fettig, seine Haut wirkte weiß und leblos. Wenn sich ältere Männer nicht rasierten, wirkten sie oft schon nach einem Tag wie Obdachlose. Das war eine Beobachtung die Malte einmal bei seinem Opa gemacht hatte. Auch in Heinrichs Fall war die fehlende Rasur nicht förderlich für dessen Ausstrahlung. Da Malte dieser Anblick zunehmend zu schaffen machte, versuchte er seinen Blick abzuwenden.

Sein Blick flog durchs Zimmer und Malte hatte das komische Gefühl, etwas würde nicht stimmen, kam aber nicht darauf was es war.

"Mannoman, jetzt liegt der Mann hier im Sterben und keiner kommt ihn besuchen", begann Johanna und nun fiel auch Malte auf, was fehlerhaft wirkte.

Üblicherweise werden die sterilen Krankenhauszimmer durch Geschenke und Utensilien, die Gäste und Angehörige mitgebracht haben, personalisiert. Dadurch wird der Tristes, ob durch Blumen, Zeitschriften oder Süßigkeiten, ein bisschen Leben eingehaucht. Das Zimmer von Herrn Meier sah in etwa so leblos aus wie sein Bewohner. Es war nichts zu finden, was vor Heinrichs Einzug nicht auch schon da war.

"Ach wie schön, dass der gute auch mal Besuch bekommt."

Eine Krankenschwester hatte, ohne dass Johanna und Malte es mitbekamen, das Zimmer betreten und sprach direkt das Thema an, das Malte und sicher auch Johanna gerade beschäftigte.

"Der gute Herr Meier ist Mitte 90, seine Frau ist schon tot und Kinder hat er nicht", begann sie fortzufahren. "dann mag man meinen, dass sie Freunde im Seniorenheim haben, aber Herr Meier liegt mit seinem Alter weit über dem Durchschnitt. Die meisten anderen in den Wohnheimen sind 15 bis 20 Jahre jünger. Da kann man nichts mit den jungen Dingern anfangen."

Malte hatte darauf keine Antwort oder Reaktion parat. Er hatte sich bisher über so etwas keine Gedanken gemacht und nun traf ihn diese Erkenntnis hart. Johanna ging still zu Heinrichs Hand und schloss sie fest in ihre. Seine Haut war eingefallen und auch wenn er sie nur sah, so konnte

Malte sich genau vorstellen, wie sich das weiße pergamentähnliche Etwas in ihren Händen anfühlen musste.

Malte stellte die Sporttasche auf den Stuhl, der sich neben seinem Bett befand. Die Brieftasche und anderen Habseligkeiten legte er in die oberste Schublade des Rollcontainers, der die andere Bettseite schmückte.

"Wenn ihr mich fragt, der wacht nicht mehr auf."

Malte hätte der Krankenschwester am liebsten geantwortet, dass sie ja niemand gefragt hatte. So eine perfide und pietätlose Bemerkung in solch einem Moment passte ihm gar nicht.

"Dass ein Mensch in einem solchen Alter einen Schlaganfall von der Stärke überhaupt überlebt, ist schon außergewöhnlich", fuhr die Krankenschwester fort.

Berufsgruppen die den ganzen Tag mit dem Tod zu tun haben, verlieren wahrscheinlich die Distanz dazu, dachte Malte.

Als sie das Krankenhaus verließen, waren Johanna und Malte so still wie sonst auch, allerdings war die Stimmung getrübter. Sie setzten sich nebeneinander auf eine Bank. Vor dem Krankenhaus war ein künstlich angelegter Park mit unnatürlichem Bewuchs und nur einem sehr kleinen Rundweg, auf dem die Gäste des Hauses ihre Zeit im Freien verbrachten. Rollstühle, Rollatoren und Tropfhalter wurden langsam über den Weg geschoben. Zum einen, weil die individuell verschiedenen und doch in jedem Fall schlechten Gesundheitszustände der Nutzer, kein höheres Tempo zuließen. Zum anderen, weil sie womöglich versuchten die Runde maximal in die Länge zu ziehen. Tage im Krankenhaus wollten einfach nicht vergehen. Diese Erfahrung hatte Malte schon machen müssen.

Was in Johannas Kopf vorging, konnte sich Malte denken. Auch er war ergriffen von Heinrichs Schicksal und der Trostlosigkeit, die der Anblick und sein Zustand mit sich brachten. Dennoch verdrängte nun das zweite Thema den Krankenhausbesuch aus seinem Gedächtnis.

Morgen sollte die Prüfung stattfinden und Malte war sich sicher, dass er nach dessen Bestehen die Chance nutzen und nach Übersee gehen würde. Das einzige was ihn hielt war Johanna und die Frage, ob sich zwischen ihnen etwas entwickeln konnte. Nach der Vernissage hatte er gedacht, die Frage wäre ihm beantwortet worden und so traurig er die Ablehnung sah, so dankbar war er auch, dass ihm die Entscheidung erleichtert wurde. Nun hatte er erneut das Gefühl, zwischen Johanna und ihm war etwas, dem er mehr Raum geben wollte. Er fühlte sich sehr wohl in ihrer Gegenwart und Zeit mit ihr zu verbringen, fühlte sich sinnvoll an. Anfangs hatte er das Gefühl, dieses Empfinden beschränkte sich auf ihn. Doch nun war ihm klar, dass es auf Gegenseitigkeit beruhte. Unentwegt ging er beide Optionen, Gehen und Bleiben, in seinem Kopf durch und kam zu keinem Schluss, welches die richtige sein würde.

Eine ältere Dame, die sicher jünger war als sie aussah, ging an ihnen vorüber. Sie war stark übergewichtig, ihre unkontrollierten grauen Haare gingen ihr aus und die Tatsache, dass ihr Kittel auf der Rückseite freien Blick auf Rücken und Gesäß bot, vermittelte Malte, dass sie ihre Selbstachtung verloren hatte. Die Patientin schob eine Gerätschaft vor sich her, aus der durchsichtige Schläuche in ihre Nase führten. Das hielt sie nicht davon ab genüsslich an einer Zigarette zu ziehen. Was er sah, schaffte es nur bedingt, ihn von seinen Gedanken abzulenken. Egal wie viel Malte auch grübelte, er hatte nicht das Gefühl zu einem Schluss zu kommen und die Lösung zu finden, welche Entscheidung die richtige sein würde.

Die Frau blieb stehen, schnippte ihre Zigarette ins Gebüsch, zog eine Schachtel aus der Brusttasche ihres Nachthemds und zündete sich eine weitere an. Malte war sich sicher, sie hätte sich gewiss nicht so viele Gedanken gemacht wie er es tat.

Epilog

Malte saß zurückgelehnt in seinem Stuhl und döste vor sich hin. Die Augen waren geschlossen, die restlichen Sinne geschärft. Eine kühlende Brise ließ die Härchen auf seinem Arm tanzen, was eine genüssliche Abkühlung für die von der prallen Sonne brennende Haut darstellte. Leise hörte er das Rauschen der Wellen die am Ufer brandeten, das Kreischen der Möwen und die lautgewordene Freude der spielenden Kinder. All das machte den Eindruck in weiter ferne stattzufinden, doch wusste er von der Zeit bevor er seine Augen schloss, dass es sich in seiner direkten Umgebung abspielte. Auch wenn er sie nicht sah, so trug er die Weite des Meeres in seinem Herzen. Vor ihm lag nichts als blau. Das Blau des Wassers unten und das wolkenlose Blau des Himmels oben. Beide mit marginalen Unterschieden im Ton, verschwammen sie in der Mitte. Da die Stelle an der beide Ebenen aufeinander trafen in so weiter Ferne war und weder durch die Anmutung eines Schiff oder gar Land greifbar wurde, war die genaue Position an der oben und unten eine Verbindung eingingen nicht auszumachen.

Malte genoss den Moment in dem er sich befand in vollen Zügen. Bis Schreie nach seiner Aufmerksamkeit griffen. Er schlug die Augen auf und brauchte eine Zeit, bis sie sich an die Grelle Umgebung gewohnt hatten. Sein Blick suchte den

Strand ab, um den Herd der Aufregung ausfindig zu machen. Galten die Rufe einer Person im Wasser oder an Land? Viele Badegäste liefen in die selbe Richtung und gaben Malte den Hinweis, den er brauchte. Am Ufer, im gelben feinen Sand, lag eine junge Frau. Ihr blondes Haar breitete sich sternförmig um ihren Kopf aus und jede flache Welle ließ sie für einen Moment auf dem Wasser scheinbar schweben. Sie hatte das Bewusstsein verloren. Zwei Mädchen gleichen Alters knieten weinend und von Panik ergriffen neben ihr. Die eine Hälfte der Strandbesucher richtete ihre Blicke in Richtung der Ohnmächtigen. Die der restlichen fanden hoffnungsvoll Malte auf seinem Hochsitz. Dessen Puls stieg abrupt an, sein Verstand schnellte vom Ruhemodus blitzartig auf höchste Konzentrationsstufe. Die Verantwortung ein Leben zu retten lag nun bei ihm. Nach und nach wandten immer mehr Menschen ihre Augen vom Mädchen ab und Malte zu. Der Druck stieg weiter und mit ihm die Erwartung. Dieses, über seinem Kopf schwebende und immer größer werdende Damoklesschwert, schüchterte Malte nicht etwa ein oder liess ihn gar erstarren. Es spornte ihn an. Instinktiv griff die rechte Hand seine erste Hilfe Tasche, die linke seine Sonnenbrille. Malte wusste was zu tun war.